・衛斯理小說典藏版80・

真相

衛斯理
親自演繹衛斯理
《真相》

新之又新的序言，最新的

衛斯理小説從第一次出版至今，歷時已近半世紀，總共出了多少正版，還能計得清，若是連盜版一起算，那就算找外星人來算，也算勿清楚哉！不知能不能也算世界紀錄。

算得清好，算勿清也好，能幾十年來不斷出新版，説明不斷有讀者加入，對作者來説，沒有更值得高興的事了，謝謝所有喜歡衛斯理的人，謝謝謝謝。

二〇二〇年六月四日 香港

幾句話

寫了四十多年小說，論者將拙作分為三個時期：早、中、晚。在明窗出版的一批，屬於早期和中期的上半。三個時期的創作風格有相當程度的不同，所以風評不一。本人並無偏愛，但讀友對早期的作品，頗有好評，大抵是由於在早、中期作品之中，主要人物精力充沛，活力無窮，所以使故事曲折多變，小說也就格外吸引。明窗出版社此次重新出版這批作品，正好讓大家來證明這一點。

四十餘年來，新舊讀友不絕，若因此而能有新讀友，不亦快哉！

倪匡

二〇〇五年十一月六日

序言

《真相》的故事，是《錯手》的延續。

失散了許多年的父子，本來早有重逢的機會，可是陰錯陽差，由於極其細微的一些變化，結果卻大不相同。世上很多事都是這樣，甚至許多歷史上的重大事件，也是一樣——往往一件十分細小的事，可以改寫歷史。所謂「造化弄人」，大抵就是這個意思。

或曰，真相還不是完全大白——真正的真相大白是不存在的，只要一件事，有兩個人以上參與的，就永遠沒有真正的真相大白的機會。這是由於人與人之間的溝通，不是直接溝通，而是間接溝通之故。沒有一個人可以知道另一個人的真正思想，所以，也就沒有真正的真相大白這回事。

所以，如果說，人與人之間的關係、人類的歷史，都是在一種若干程度上必然有虛假成分在內的情形下進行的話，這種說法，可以成立。

人類一直有追求真相的執著，但是天性又無法追求得到——忽然發現這種情形十分悲哀，類如夸父追日。

衛斯理（倪匡）

一九八九年六月二十二日

目錄

第一部

一個古怪之極的容器

先看一段新聞，刊在一九八九年三月十九日的香港《明報》上。

（一九八九年三月十九日，對我來說，是一個極重要的日子，許多許多莫名其妙的事加在一起，形成了一樁蠢事，蠢事又像滾雪球一樣，愈滾愈大，到了不可收拾的地步，「大雪球」忽然爆了開來，爆得如此猛烈，身在其中，根本不知發生了什麼事，感覺如同世界末日一樣。）

（上一段括弧中的文字，不是很看得懂？不要緊，那件事我不打算記述出來，也和這個故事以及以前的和以後的故事，完全無關。）

新聞如下：

百慕達三角有奇聞

發現海葬死者復生

文件證明六十三年前死於癌症

（本報百慕達航訊）百慕達三角發生過許多神秘和不可思議的事，據說，最近又出現了一宗科學難以解釋的事情，一艘巴拿馬漁船在百慕達三角附近發現了一名「死而復生」的男子。

漁船於二月廿六日在百慕達以南七十五哩發現一個白色帆布袋，打開時竟是一個活生生的男子。據船長表示，該男子自稱米高．維爾斯．基恩，並説自己六十三年前已死於癌症，但對死後一切已很模糊。後來他被送往百慕達醫院，然後又轉送蘇黎世精神病研究中心，企圖找出他「死而復生」的原因。

百慕達醫院的贊臣醫生説，死亡證上的名字和指模確實與被救的基恩相同，他説：「不要問我為何能復生，這問題有待比我更聰明的人解答。」

資料顯示，基恩在一九一八年移居百慕達，一九二三年患癌，要求死後海葬，一九二六年三月廿四日妻子執行了他的意願，把他裹在帆布袋中，抛下百慕達以南的海裏。

大家剛看完了我記述的題為《錯手》的故事，當然一定記得航運業鉅子哈山，在百慕達附近的海面上，撈起了一隻外形看來像是凍肉櫃一樣的大箱子，箱子打開，裏面走出了一個人來，竟然是百年之前，中國上海小刀會的一個重要人物！

若是那一則新聞早發布三個月，自然人人都以為《錯手》這個故事，是由那則新聞處得來的靈感了，因為兩者之間，的確頗多相同之處。

但當然完全不同，《錯手》故事中那個小刀會頭目的情形，要複雜得多了。

百慕達附近的海域，素有「神秘海域」或「魔鬼海域」之稱，有許多怪事在那裏發生過，每一宗怪事，都可以化為一個故事。

好了，不說那個復活的了，還是說哈山、白老大、白素、戈壁沙漠和我的事——當我想起那個小刀會的頭目劉根生是一個極重要的人物，不能讓他再度消失之際，便追出去，卻再也沒有了他的蹤影，工廠中有人說看到他走出工廠去，我一直追到工廠的大門口，這家工廠的保衛工作做得十分嚴密，要進進出出，並不容易。

可是由於來的時候，是我帶他來的，所以，門崗在他離去的時候，沒有加以阻攔！

一出了工廠，道路四通八達，誰能知道他到什麼地方去了？

我在工廠大門口，悵然呆了半晌，想到這個神秘之極的人物，可能再也不會出現時，心中更是不自在。多少年來，神秘莫測的事情，不管經歷了多麼艱苦的過程，總有水落石出、真相大白的一天。而加今，劉根生這傢伙，要是從此不再出現，那麼，他的遭遇究竟是怎麼一回事，也就永遠是一個謎團了！

雖然他人走了，還留下了那個古怪之極的容器，可是又給他在我們毫無防備的情形下，取走了動力的來源——一輛再先進的坦克車，如果沒有了燃料動力，也就只是一堆廢鐵。

那容器上可能有上萬種作用，但是沒有了動力，也就只是廢物了。

我一面想着，一面回到了廠房之中，聽到哈山和白老大這一對老朋友，又在爭吵，用的仍然是上海話。另一邊，戈壁沙漠卻在那容器的旁邊，在研究討論，他們討論的事，我十分有興趣，所以不理會哈山和白老大的爭吵，我也來到了那容器的旁邊。

被劉根生取走的動力來源是什麼，無由得知，很可能那小小的裝置之中，是地球人還不大懂得使用的新能源。問題是，原裝的能源被取走了，是不是可以用別的來替代？

只要找到了替代的能源，這個古怪容器的許多作用，就一樣可以發揮。

劉根生說過，這容器能起許多作用，匪夷所思，至少已經知道了其中一項作用，是能把人化為億萬分子，然後再復元——哈山由於是在「休息」狀態之中起了這項變化的，所以他對於「化身億萬」，一點感覺也沒有，但如果人在清醒狀態之中，化身億萬，那是一種什麼樣的感覺？

一定要親身經歷過才知道！

單是這一點，也足以令得人心癢難熬，明知危險之極，也要去試一試，誠如白老大所說：要是沒有冒險精神，人類何來進步？

而能源代替，也不是什麼難以做得到的事，當汽油缺乏的時候，酒精，甚至木炭，都會被用來替代，一樣可以使汽車行駛。

戈壁的建議十分好，他大聲叫：「兩位老人家，請聽我講一句話。」

哈山和白老大瞪了他一眼，居然住了口，這令戈壁也很感意外，所以他立即抓緊機會説話：「我……我們認為，若要繼續研究這個容器，世界上不會再有比這個工廠更適當的地方。」

哈山的臉色很難看：「什麼意思？這東西是我的。」

沙漠忙解釋：「沒有人想要你的東西，只是放在這裏研究。」

哈山顯然不同意，可是他還沒有開口，白老大已不客氣地道：「算了，研究那怪容器，是他們的專長，我和你另外有事情要做。」

我才進來的時候，看到白老大和哈山正在爭吵，可是並沒有留意他們爭吵的內容，這時白老大這樣説，我才知道他另有行動計劃，所以我向他們望了過去，白老大一揚手：「這個劉根生，既然是當年小刀會裏面有頭有臉的人物，總有點記錄留下來，我們去查歷史文件，查看有關小刀會的一切資料，總可以找出一點線索來。」

哈山對白老大的計劃十分同意：「這叫『兜篤將軍』法，希望可以弄清楚這人的來龍去脈。」

我聽得他們這樣說，忍不住要開聲，可是白素已輕輕用手肘撞了我一下，當然她知道我要說的是什麼。

我要說的是，小刀會留下來的資料不多，又過去了那麼多年，只怕想在文件中找劉根生，會徒勞無功！白素不讓我說出來，自然也有她的理由，兩位老人家難得意見一致，而且興高采烈，就讓他們去忙一場好了，何必去掃他們的興。

所以，我立時改口：「劉根生一從容器出來，就說有要緊的事，我見到他的時候，他好像到了一次上海，不知他在上海要辦什麼事。」

哈山和白老大都感興趣，哈山道：「小刀會全盛時期，根據地就在上海，他回上海，是去尋根去了。」

白老大皺着眉：「都過去超過一百年了，還有什麼根可尋？當時的人，現在還在的，怕只有他一人了，那時，你我都不曾出世，現在你我也已經變成老妖了。」

哈山瞇着眼：「難說得很，反正你我都決定到上海去搜集資料，順便查訪一下他在上海的行為，也是好的。」

戈壁沙漠駭然道：「他……是一個一百多年前的人，哪來的旅行證件，怎麼能要來就來，要去就去？」

白老大瞧了他一眼，大有不屑回答之勢，我怕他們發窘，就道：「劉根生一定大有奇遇，不能把他當作普通人看待。」

戈壁沙漠仍然不住搖頭，覺得事情十分不可思議。白老大和哈山，又來到了容器之前，看了一會，白老大道：「我感到睡得很沉，你們看起來怎麼樣？」

白素道：「就像熟睡一樣。」

白老大感到可惜：「要是劉根生遲一點來，我可能化身億萬，那不知是什麼滋味？」

哈山一揮手：「什麼滋味也沒有，根本不知道曾發生過這樣的事。」

白老大點頭：「一有眉目，就通知我們。」

他在這樣說的時候，指了指我和白素。戈壁沙漠沒有答應。哈山的神情雖然不是很願意，但是想到可以和童年好友舊地重遊，也大是興奮，這東西放在工廠研究，也就變成了一件小事了。

當下，我們四人告別了工廠，到了哈山的別墅之中，一路之上，兩位老人家大談當年上海的掌故和生活的情形。白老大曾身為七幫八會的大龍頭，對於幫會的活動，自然瞭如指掌。

他說：「小刀會以前幹海盜的勾當，忽然在上海崛起，幾乎連過程都沒有，勢力就大到幾乎可以和官兵作對，公然造反，後來，又忽然失敗，連渣都沒有了，過程十分神秘，我早就想好好去研究一下，這次好，可以趁機了卻這宗心願。唉，年紀大了，要做的事，也只好隨機緣，做得哪件是哪件，要是全想做，哪有這麼長的命！」

他忽然傷感起來，我和白素自然不敢搭腔，哈山隨着感嘆了片刻。

在哈山別墅住了兩天，兩位老人家仍然意見不合。哈山要大張旗鼓地去，理由是：在那地方，能不能享受特權，十分重要。他若以世界著名的航運業鉅子身分，帶着那艘船，駛進吳淞口，把船泊在外灘，那自然風光之至，想做什麼都可以了。而白老大卻贊成「微服私訪」，理由是兩個人年紀都那麼大了，絕無時間做沒意思的事，悄悄進去辦事，時間寶貴，不應該浪費。

他們一直在爭論，我對白素道：「不管他們怎麼去，這件事，總算告一個段落了，我們——」

白素伸了一個懶腰：「我們該回去了！」

我輕輕抱了她一下。第二天，我們就回來了，溫寶裕一知道我們回來，就和胡說一起找上門來，他嚷叫着：「究竟情形怎樣？我聽了，還得立刻打電話到瑞士給良辰美景，她們等着聽答案。」

我把經過情形一說，溫寶裕頓足：「不該放走了那小刀會的頭目。」

我苦笑：「誰不知道？可是他的行動快，當時又混亂之極，一下子就不見了他。」

溫寶裕側着頭：「他若是沒有那容器中裝置的幫助，也能在時間、空間中自由來去，那就找不到他了。」

溫寶裕的話，令我心中一動，劉根生不靠裝置，未必有能力在時間和空間中自由來去，但那又怎樣？世界之大，要找一個人，談何容易。

溫寶裕這時，取出了一頁剪報來，報上刊載着一開始就介紹了的那段新聞給我看，又道：「那容器撈起來的海域有古怪，可以派人去那裏探索。」

別看溫寶裕有時胡思亂想，但有時提議也很好，反正哈山手下有的是船，派幾艘出去，日夜在發現那怪容器的海域搜索，說不定會有什麼發現。一想到這一點，我立時打電話到哈山的別墅，可是管家的回答是：「主人和白老先生在八小時之前離開了。」

我吸了一口氣，他們已經走了，看來是白老大的意見佔了上風，他們「微服私訪」，並非大張旗鼓。我對於他們兩人的上海之行，一點也不寄什麼希望，估量他們不幾天就會敗興而返，到時再向哈山提議在海上搜索不遲。

溫寶裕卻對小刀會的事大感興趣，嚷叫着：「上海這個大城市，居然還叫一個幫會佔據過，真是稀奇稀奇又稀奇，我怎麼不知道曾有一個幫會叫小刀會？」

他這句話說得有點得意忘形了，我冷冷地道：「你不知道的事情太多太多了，何止是小刀會！」

溫寶裕倒也識趣，他知道我的這句話，簡直無可辯駁，所以就立刻轉換了話題：「劉根生一出來之後，立刻回上海去……。」

我一揮手，不想和他討論下去了，所以我道：「我不能肯定他是不是真的到過上海，只是推測大有可能，這傢伙十分可惡，什麼也不肯說。在他的神情上，我看出他像是並未達到目的——這種事討論到這裏為止，好不好？」

我以為這樣一說，溫寶裕和胡說兩人，必然會同意，誰知道連一向不愛說話的胡說，也和溫寶裕一起叫了起來：「當然不可以。」

我悶哼了一聲，瞪着他們，溫寶裕揚起手來：「從來也沒有一個衛斯理故事，是有頭無尾的。」

我想了一想，事實倒確然如此，可是劉根生一走，找不出他來，事情就不會有進展。就算找到了他，他什麼也不肯說，也是無可奈何之事，我想不出有什麼辦法可以令他吐露秘密。

我不以為哈山和白老大到上海去會有什麼收穫，也不相信戈壁沙漠可以找到動力的替代品。

整件事，沒有一條路可以走通，使我感到十分厭惡，因此也破天荒有了想放棄的念頭。

我冷笑地道：「就讓這件事破一個例如何？」

胡說和溫寶裕互望了一眼，大搖其頭，溫寶裕甚至還故意氣我：「你想放棄，我們找原振俠醫生商量去，他一定有興趣追查下去。」

白素這時柔聲插言：「也不是一定每個故事都要有水落石出的結局。」

溫寶裕沉聲道：「好故事就一定有。」

白素笑道：「《雪山飛狐》的故事不好嗎？打遍天下無敵手金面佛苗人鳳和飛狐胡斐比武，胡斐那一刀終究會不會砍下去，就是千古之謎。」

小寶翻着眼：「記得有一位金學專家說，這是作者的故弄狡獪，這個故事始終不完整。」

胡說忽發奇想，雙手揮動，要大家都注意他的話：「如果在比武之中，忽然有一股力量，使得時間就此僵凝，或者就在那一個特定的時間之中，時間失去了作用，一切都變成靜止，而這種情形，又恰好發生在胡斐的那一刀將砍未砍之際，那會怎樣？」

溫寶裕對各種各樣古怪的假設，有着天然的適應力，胡說講得十分複雜，我才會過意來，小寶已拍着手叫：「好設想，如果是這樣的話，那麼，只要這種情形不變，胡斐的這一刀，也就永遠砍不下去，不是他不想砍，是想砍也動不了。」

我悶哼了一聲：「在這樣的情形下，人還會有思想嗎？」

溫寶裕忽然機伶伶地打了一個寒戰，神情駭然：「要是在這樣的情形下，人還有思想，那太可怕了，一直僵在那裏，八百年，動也不能動，那比死亡可怕多了！」

小寶說話誇張，表情十足，我斥道：「真有這種情形，當然思想也會靜止，什麼都不知道。」

溫寶裕向我望來，雖然他沒有開口，可是神情顯然在問：「憑什麼說得那麼肯定？」

他的這種神情，十分可惡，我脫口道：「在那容器中，哈山就是處於休息狀態之中，被分解成了分子，他卻一點不知道。」

我在說的時候，不過是隨便舉一個例子，而且，這例子倉卒拈來，也有點似是而非。可是話一說出口，我們四個人，不約而同，發出了「啊」地一下低呼聲，我們同時想到了十分重要的一點。

胡說剛才假設了一種情形，在這種情形之下，時間突然消失——時間本來就看不見摸不着，十分抽象，似乎用不上「消失」這樣的形容詞，但是時間既然是一種存在的現象，自然也可以消失。

或者說，在這種情形下，時間不再存在，時間停頓了，時間不再運作了，意思都是一樣的。

這裏，又有一個十分矛盾的情形出現，由於人根本不知道那種情形是什麼樣的，在那種情形下，一切都靜止了，也只是一種設想。

但如果在這種情形下，一切都靜止，而不處於這個情形下的特定空間之內，時間仍然在進行，那麼，情形又會怎麼樣呢？

哈山、我、白老大，都曾進入那個容器，在那容器之中，處於靜止狀態，是不是在按下了那幾個掣鈕之後，在那個容器之內，時間就消失，因而造成了胡說所假設的那種特殊環境？

我們四人同時想到的是：就算不是百分之百符合這個假設，至少也是一種相類似的情形。

那樣說來，在那容器之中，不論多久都一樣，因為在那容器之中，沒有時間，那是一個沒有時間的環境！

那麼，劉根生是一個百年之前的古人，也就十分容易接受，如果他一直在這容器之中，或者經年累月在容器之中，時間也就對他起不了作用了。

無意之中，有了這樣的一個假設，而這個假設又和劉根生的謎團有關，這都令得我們很興奮。

溫寶裕揮着手：「那個小刀會的頭目，可能早在百年之前，就已經得了那容器，靠那容器，他才活了那麼久，那容器是長壽之寶。」

胡說反駁：「一點也不寶，你想想，時間不存在，人就在靜止狀態之中，那和死了有什麼不同？」

溫寶裕道：「當然大大不同，死了不會醒，他可以隨時預校醒來的時間；

而且，那容器還不知道有多少其他作用，唉！唉！唉！」

他說到這裏，連嘆三聲，一副心癢難熬的神情，呆了一會，又補充了一句：「那東西，比陳長青的那棟屋子，還要好玩，好玩得多了。」

我悶哼了一聲：「做人要知足。」

小寶踱來踱去：「要是戈壁沙漠可以找出替代的動力來，那就好了。」

我冷笑了幾下，不表示態度。整件事，有了這樣的假設，固然令人振奮，但是，對整件事的進展，一點用處也沒有。使人處於靜止狀態、時間消失（假定），只不過是那容器的作用之一，另一項已知的作用，是可以把人分解為億萬分子，那又是一種什麼作用？什麼力量？

單是這兩項功能，也無法作出完全的假設，若加上許多作用，更是複雜，地球上再優秀的科學家，在這個容器之前，只怕也如同穴居人在一具大型電腦之前一樣，根本無法理解。

溫寶裕忽然又一拍大腿：「這東西在我們手裏，要是研究不出一個名堂來，真是枉然為人也。」

我瞪了他一眼：「從現在起，你什麼也不做，專門去研究，只怕到頭髮白了，還是什麼也研究不出。」

這句話，溫寶裕倒十分接受，或許是他生性懶，根本不想花長時間去研究，所以他又道：「能把那個小刀會的頭目找出來就好了。」

他說出這種廢話來，我更懶得去理睬他，不過我也想到了一個問題：劉根生得以長命，得以有許多能力，全靠這個容器中的種種裝置，若是離開了容器，他也只不過是一個懂得武功的普通人，可是他走得如此之急，只是卸下了動力裝置，是不是他有什麼極重要的事，非要他趕着去處理不可呢？

事情看來，愈來愈是撲朔迷離，才作出了一個可接受的假設，接着而來的問題，卻又多了許多。

溫寶裕和胡說又商量了一些什麼，發表了一些什麼，我都沒有注意，只聽得他最後大聲道：「我猜劉根生一定又到上海去了，他的老巢穴在上海，他主要待辦的事，自然也在上海。」

過了一會，他又道：「要是哈山和白老爺子湊巧能在上海遇到他，那就好了。」

我冷冷地道：「上海有超過一千萬人口。」

溫寶裕道：「他們雙方都為同一目的而去，遇到的機會就很大。」

這小子，這句話倒說得大有道理。哈山和白老大去找小刀會的資料，若是劉根生也想找當年的文件，在圖書館或檔案館中相遇的可能性，自然大大提高。

上海還有些古舊的建築物，和小刀會的活動有關，被列為古蹟的，若是他們都去看了，自然也有機會相見。

溫寶裕見一句話令我暗暗點頭，更是得意：「那動力裝置，不知重不重？我看他不會帶了它到處旅行，說不定就順手埋藏在工廠的附近……。」

他說到這裏，手舞足蹈，大是歡喜：「叫戈壁沙漠派幾輛探測車出去，可能會大有收穫！」

我也同意溫寶裕的想法，所以心中才暗暗吃驚，劉根生一定是為了怕有人亂按掣鈕，才拆走了動力裝置的，他曾屢次告誡，說會闖禍，要是真找到了動力裝置，落在溫寶裕他們手中，只怕就要天下大亂！

不過我也想不出有什麼方法可以制止他去通知戈壁沙漠——溫寶裕和白老大有很多相似之處，要做一件事的時候，不怎麼去考慮會有壞後果，這一老一少兩人，十分投契，原因也在於此。

看溫寶裕這時的情形，像是已經找到了被劉根生帶走的動力裝置一樣，我也懶得理他。

事情討論到這裏，很難有進一步的發展，溫寶裕又作了許多天馬行空的假設，可是我們三個人，沒有一個對他的說法點頭，他自己覺得有點泄氣，在沉默了片刻之後，他又高興起來——這正是他性格的可愛之處，永遠不會讓沮喪佔據太多的時間。

他又指手劃腳地道：「至少我們可以假設在那容器之中，可以製造出一個時間停頓的環境來！使得人的生命，可以分段進行！」

溫寶裕在這裏，又創造了一個新的名詞：「生命的分段進行」。

他所創的這個名詞，倒也十分生動，很能具體説明這種怪異的現象。以劉根生為例，如果一百年前，在他二十歲那年，他有了怪遭遇，進入了那容器之內，時間對他來説，停頓了，而外面已過了二十年，他從容器中出來，仍然是二十歲。

然後，他在離開容器之後，又在正常的情形之下，生活了兩年，那麼，他是二十二歲。

他又進了那容器，再處在時間停頓的狀況之下，而外面又過了二十年……

如此類推，他每隔二十年，離開容器，活動兩年，那麼，一百年對他的生命來説，只是十年，劉根生看來像三十歲左右，他的生命，就是「生命的分段進行」。

自然，他的分段生命，不一定是二十年，也可以是三十年、十年，或一百年一個整段。

總之，當他置身於那個容器中的時候，他的生命，處於暫停的狀態之中。這種情形，怪異之極，我們四個人將這種情形想了一想之後，各自的神情，都相當古怪，而且，顯然同時想到了一個相當接近的情形，四個人同時開口：「那好比——」

白素先停口，我和胡說也停了口，溫寶裕照例一開口就無法停止，所以接下來的話，就由他說下去：「那好比一盒九十分鐘的錄音帶，每播上九分鐘，就按下暫停掣，暫停三十分鐘，然後再播九分鐘，又暫停三十分鐘，那麼，等錄音帶播完，錄音帶的播出時間，仍然是九十分鐘，可是時間已過了三百三十分鐘！」

胡說的臉色十分白，當然是由於他想到這種「生命分段進行法」的極大伸縮性的緣故：「理論上如果成立的話，一個人的生命，豈不是可以延長到——」

我吸了一口氣，補充了他未曾說完的：「可以延長到無限期，一千年、一萬年、五萬年……」

胡說不由自主，身子顫動了一下，孤伶伶地打了一個寒戰：「從容器中出來是小刀會頭目，那不算是稀奇，也有可能從容器中出來的是八十歲才遇文王的姜太公！」

那麼多古人可以說，他何以偏偏揀了這位姜先生，不得而知，當然是由於那時大家的思緒十分紊亂，隨便揀了一個古人來說說，沒有什麼特殊意義的。

可是胡說舉出了姜太公來，又引起了溫寶裕的聯想力來了：「最好是哪吒！」

溫寶裕十分喜歡哪吒這個神話人物，常常羨慕他可以切肉還母，切骨還父，了結了血肉之軀，從此自由自在，再也不必受父母所生肉體的束縛，荷葉化身之後，用溫寶裕的話說：「進入了生命的高級形態，以靈魂為主的生命形式，摒棄了百無一是的臭皮囊！」

（中國傳統的神話故事，想像力豐富無比的極多，哪吒故事，只不過是其中之一而已。）

我怕他再列舉他喜歡的古人，那麼真沒完沒了，所以我忙道：「當然劉根生就是以這種方式，跨越了一百年時間的。」

白素直到這時，才得發表意見：「照情形看來，劉根生在時間停頓的環境中相當久，其間，他離開容器時，可能又有別的奇遇。」

我們向她望去，白素解釋：「那容器有許多功用，他曾對哈山說，哈山太老了，不夠時間學，可知他曾花不少時間，學習使用那容器！」

白素的假設，又提出了新的問題來了：那時，這容器是在什麼地方？他從什麼人處學會使用這容器的功能？

第二部

時間和生命的關係

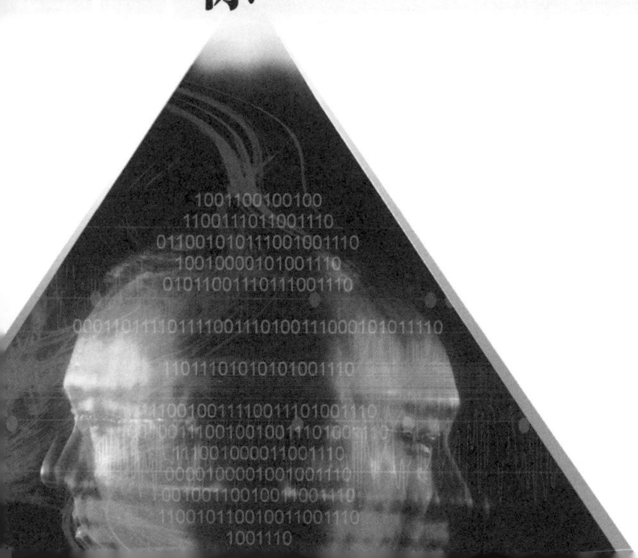

我和白素互望，神情有點苦澀，提出了一個可接受的假設，絕不是使事情可能有進一步的發展，而是產生了更多的疑問！

各人都沉默了片刻，都在設想着劉根生第一次見到那容器時的情形。

我的設想是，不論劉根生是在什麼地方見到那容器的，一個一百年前上海小刀會的頭目，在大西洋上見到了那容器的可能性，雖然小之又小，但也不是絕無可能。

可是，他見到了那容器之後，要弄明白那容器的功能，並懂得一一使用，是絕無可能的事。

別說是他這個一百年前的幫會頭目了，一百年之後，我、白素、白老大、戈壁沙漠，以及那工廠中的那麼多人，可以說全是聰明才智之士，有的更具有現代科學的專業知識，可是面對着這古怪的容器，也有原始人面對大型電腦的感覺。

由此可知，劉根生絕無可能無師自通，弄明白這容器的許多功用。

而如果有一個人，肯悉心指導他，他要學會，倒也不是難事，那兩排按鈕，控制着一切功能，只要記性好，記住如何循序，按動哪幾顆按鈕，就可以產生什麼功能，誰都可以學得會。

當然，學會施展那容器內許多功能是一回事，要了解何以那容器會有這樣的功能，又是另一回事，這就像誰都可以按下一個掣鈕，令一具電視機出現畫面，但是要明白電視機何以會出現畫面，那是另一回事一樣。

而且，也有足夠的理由相信，劉根生只會使用那容器，不明進一步的道理，所以，其實他對那個容器，存在着相當程度的恐懼感，這才使他一再告誡「碰都不能碰」、「一碰就會闖禍」。

劉根生對那容器，根本只是知其然而不知其所以然，他絕不是容器的第一手主人。

我一想到這裏，立時把自己想到的，叫了出來。

溫寶裕立時同意：「你們上當了。」

他不說「我們上當了」，而說「你們上當了」，那相當可惡，暗示他當時不在現場，又暗示如果他在現場的話，可能不會上當。

我冷笑一聲：「上什麼當？他雖然不明原理，但容器能發生什麼作用，他總是知道的。」

我臉色不善，溫寶裕也知道自己剛才的態度太過分了一些，所以縮頭縮腦，不敢搶着發表意見。胡説忽然笑了一下：「情形很古怪，極可能，當劉根生發現那容器的時候，一打開，裏面也有一個人走出來，那個人是若干年之前進去的，那情形就像——」

溫寶裕終於忍不住了，搶着叫了起來：「情形就像哈山看到劉根生從裏面出來一樣，所以，當然是那個人教會了劉根生一切。」

我也有同樣的想法，只是疑惑：「真奇怪以劉根生當時的知識程度而言，如何接受這種不可思議的事實——那時，連汽車都還未曾有。」

這個問題，自然也無法有答案，白素繼續她的想法：「他可能一直在學習如何使用這個裝置，一直到最近，所以，他才會一見哈山，就急急離去，那當然是有十分要緊的事，等着他去做。」

溫寶裕搖頭：「那事情未必重要，若是重要的話，他一定早去做了。」

白素笑：「這情形有點像武俠小說中的情節：得到了武功秘笈的人，為秘笈的內容所吸引，如癡如醉，專研武功，什麼事都可以放得下，等到武功有成，才覺察到時光的飛逝。」

聽得白素打了這樣的一個譬喻，雖然由於種種謎團，真相無由得知，心中十分鬱悶，但是我也禁不住「哈哈」大笑：「近朱者赤，近墨者黑，真是不錯，和小寶來往多年，說話就有他的作風。」

白素微笑：「我的譬喻不合格？」

我想了一想，倒也挑剔不出什麼不是來。白素又道：「在這個過程中，我相信劉根生一定通過容器中的裝置，得到了極其豐富的現代科學知識，說不定已遠遠超過了現代人類的科學水準，也正因為如此，才能吸引他繼續鑽研下去。」

白素這一番話，有相當的説服力，我失聲道：「我們太小看他了，只當他是一個有了一段奇遇的人，沒想到他在這段奇遇之中，已脱胎換骨，再也不是當年的小刀會頭目，而且有可能是地球上最出色的人。」

溫寶裕不住眨着眼，我盡量回想和他在一起時的情形，卻又感不到他有什麼特別之處，所以我對自己的推測，又不禁疑惑起來，有點無可奈何：「看來，問題又兜回來了，仍然需要劉根生出現來解答一切問題。」

溫寶裕打了一個哈哈：「矛盾之極，他已説過什麼都不會説的。」

我悶哼了一聲，用力一揮手，真有點後悔當日他出現的時候，沒有用一切方法使他説出他的經歷來。

不過，那時我雖然有點設想，卻沒有現在那樣具體——現在已經有了「時間停頓」、「分段生命」等的假設，也假設了劉根生在初見這容器時，容器中有人，這個人給與他很多知識等等。

有了這些假定，要軟硬兼施，逼他説出實話來，自然容易得多了。

無論如何，劉根生已消失無蹤，再要找他，十分困難，我們所作出的假定，就算再接近事實，也無補於事，至多只有一直假設下去。

一想到這一點，我的神情，不禁大是沮喪，白素笑了一下：「如果他的生命，離不開那容器，那麼他始終再會利用那容器的。」

溫寶裕直跳了起來：「對啊！他會帶着動力裝置，回到容器中去，就算他一進入容器，就會沖天飛走，他也必須先接近容器。」

我明白溫寶裕和白素的意思，笑了起來：「這使我想起《守株待兔》的寓言。」

白素道：「大不相同，肯定了劉根生不能永遠離開這容器，只要守着它，就始終有等到他出現的一天。」

我深深吸了一口氣，這個說法，相當有理。溫寶裕又問：「那動力裝置的體積有多大？」

我比了一下：「大約比普通的壓縮空氣筒細一點，一共由四個圓柱形組成，他取了下來之後，放在外衣下面，就頗為吃力。」

溫寶裕拍着手：「那他當然不能帶着這樣的東西這裏去那裏去，我們可以雙管齊下。」

他說着，就取過電話，放在我的手中。我略想了一想，覺得那「雙管齊下」的方法，並不會有害處，所以就撥了法國那工廠的電話。

那電話號碼是臨走時戈壁交給我的，那具微型流動電話是他和沙漠的傑作，二十四小時不離身，要和他們聯絡，十分容易。

不一會，就聽到了戈壁的聲音，我先問：「有什麼進展沒有？」

戈壁的聲音聽來十分苦澀：「一點也沒有，我們嘗試在幾個接觸點上，接通電壓不一的電流，但是一點反應也沒有。」

我有點駭然：「小心一點，別冒險使用太高的電壓。」

戈壁苦笑：「我想不會有危險，也不會有作用，不然，那個百歲人魔，也不會放心把這東西留在我們這裏了。」

聽得他稱呼劉根生為「百歲人魔」，我不禁有點啼笑皆非，可是溫寶裕在一旁，卻已鼓起掌來，大聲道：「百歲人魔，可圈可點。」

戈壁又嘆了一聲：「我們也只是死馬當活馬醫，實在不想放棄。」

我頓了一頓：「我們商量下來，有一個雙管齊下的可行之法。」

戈壁對我十分有信心，忙道：「好極了，說來聽聽。」

我道：「這兩個辦法，倒有一個半是溫寶裕想出來的，讓他來和你說。」

我把電話交給了溫寶裕，他大喜過望，一手接過了電話。

多半是由於興奮過度，溫寶裕手心在冒汗，一手又在袴子上用力擦了擦，開始向戈壁敘述我們的假設，和要做的事情。

他說的「雙管齊下」的進行方法，確然十分合情理，才說到一半，就聽到有許多掌聲、喝采聲傳來。溫寶裕更是高興，俊臉漲得飛紅，把應該進行的事，說得十分詳細。

他一說完，戈壁就道：「沒有問題，立刻可以進行探索被帶走的動力裝置的行動，至於守着這容器……我想每天我們抽出幾小時來，假裝不研究，看起來像是沒有人，但佈置人暗中監視。這百歲人魔不出現則已，一出現就很難再逃走。」

溫寶裕也興奮得像是已等到了劉根生，竟然唸起戲白來：「且看老夫手段，手到拿來。」

我一直以為這是沒有辦法中的辦法，並沒有寄以多大的希望，當然也不會那麼興奮。

等到胡說和溫寶裕走了之後，我另外有一點事要做。溫寶裕走時，說他會負責把這件怪事告訴在瑞士求學的良辰美景，也會找原振俠醫生轉述一下，以聽取更多人的意見，集思廣益云云。

我和白素在書房中對坐了片刻，我來回踱步，白素自然在我的行動中，可以看出我另有主意，她靜靜等着我發表意見。

我把自己所想到的整理了一下，才道：「假設那東西每隔一百年出現一次，或是一百一十年、一百二十年才出現一次，又假設這東西在地球上存在已久，那麼，這應該多次出現過，我想廣泛地查一下歷史上的各種正式記錄或是稗史野聞，看看是不是有相類似的記載，提及一個這樣的容器。和一個——百歲人魔的。」

白素皺着眉：「這是一項極其繁重的工作。」

我笑：「當然不是我們自己來進行，可以委託多個有電腦儲存資料的機構進行，有結果最好，沒有結果，也不見得有什麼損失。」

白素側着頭想了一想：「好，你閣下貴人事忙，就交給小可去辦吧。」

我緊緊地擁抱了她一下：「多謝娘子！」

白素瞪了我一眼，我忽發奇想：「這個容器，可以輕易把人的壽命……」

我本來想說：「可以把人的壽命延長」，可是一想，「延長」這個形容，不是十分恰當，因為處於「時間停頓」狀態之際，人和死了差不多，一個人，該活八十歲的，還是八十歲，並不能延長壽命。

所以我想了想，覺得用「拉長」一詞，比「延長」這個詞好得多。

我改口道：「這容器可以把生命……拉長，要是我們一起擠進去，處在時間停頓狀態之中，過十年出來一年，豈不是可以看到一兩百年之後的情景？」

我說得十分熱切，可是白素的反應十分冷淡：「那不見得有趣，人總是屬於自己的時代的，退後和超前，都是十分痛苦的事。」

我還想說服她，如果有機會玩這樣的游戲的話，要她和我一起進行，不然，我一個人成了「百歲人魔」，她卻早已生命結束，那真是悲慘之極了。可是不等我開口，她就淡然道：「還記得偉大的宇宙飛行員草大鵬嗎？他是那麼出色，我們遇見他的時候，他是一百年以後的人，他有機會回到我們這個時代，可是他堅持要回到他自己的時代去，儘管前途茫茫，他也要去冒險。」

我嘆了一聲，自然未曾忘記下一世紀地球上的宇宙航行員草大鵬。他在宇宙航行之中，遇上了不可測的一種震蕩波，把他震回了一百年前，遇到了我和白素。以他的一百年之後的知識和能力而論，如果他在我們的這個時代留下來，那他不折不扣是個超人。可是他堅決要尋回屬於他的時代。

可知時間和生命之間，有着難以分隔的關係：是這個時代的生命，就必須在這個時代之中生長和結束，不能跨躍這個時代。

（偉大的宇宙航行員草大鵬，和我和白素的故事，記述在《原子空間》這個故事之中。）

白素又道：「我不覺得劉根生超越了時間一百年，會有什麼快樂。」

我不禁孤伶伶地打了一個寒戰，想想我就算能和白素，出現在一百年之後，那時，什麼親人朋友都沒有了，我們是兩個和時間完全脫節的人，哪裏還有什麼人生的樂趣可言。

當然，我立即打消了這個念頭，而我又生出了一個新的疑問：「可是，劉根生看來十分起勁，並不感到有什麼痛苦。」

白素秀眉微蹙，她的這種神情，十分動人，我伸手在她的眉心中輕撫了一下。她道：「我料想劉根生一定有一宗十分重要的任務沒有完成，他心中只想完成這任務，沒有時間感到不適應。一旦這件任務完成，他可能感到失去時代的痛苦！」

白素的假設，純從心理學的觀點出發，相當空泛，我不是十分同意，用懷疑的口吻問：「你的意思是，他如今正在進行那項任務？」

白素笑了起來：「這只是我不成熟的想法，希望他能再出現在我們面前！」

當天，對這件事的討論，到這裏為止。

以後，每一天，不用我和戈壁沙漠聯絡，溫寶裕每天都向我報告。開始兩天，溫寶裕對戈壁沙漠還很客氣：「和他們聯絡過了，沒有發現。」

接着，他開始稱他們為「這兩個人」，進而為「這兩個傢伙」，一個星期之後，戈壁沙漠變成了「這兩個笨人」、「笨蛋」……

我在兩個星期之後，忍不住責斥他：「小寶，你怎麼能這樣子稱呼他們？」

出乎我的意料，溫寶裕道：「不是我要這樣稱呼他們，那是他們的自稱——他們找不到那動力裝置，就這樣責備自己。」

我苦笑：「或許我們的估計不對！」

溫寶裕道：「不，我們的估計是對的，劉根生絕不可能帶着那動力裝置到處走，譬如說到上海去，他一定將之藏在什麼地方，只不過我們找不到。」

我嘆了一聲：「可能藏在幾百公里之外，並不真正在工廠的附近。」

溫寶裕默然無語。

而在我這方面，搜尋資料的工作，也進行得並不順利。得到的資料，連《聊齋誌異》上的，海上在半夜中忽然大放光明的記載都有了，就是沒有類似的一個容器可供人坐進去的，或同類的記載。

事情全然沒有進展！

連白老大和哈山，在離開了之後，也音訊全無，不知道他們在上海的「尋根」，是不是有成績。

我在提到「尋根」這個通用的名詞之際，溫寶裕哈哈大笑：「真是名副其實的尋根——他們要找的人，名字就叫做劉根生。」

溫寶裕很有意思也到上海去，和那兩個老人家一起去瘋瘋癲癲，可是他父母說什麼也不肯，而不久之後，他倒替代我去了一次台北，這是題外話，表過就算。

在接下來的幾天之中，我和白素自然不會是閒着等這件事的發展，而是另外有許多別的事在忙，可是這件事，並沒有什麼進展。

倒是在這期間，在沒有我們參與之下，另外有一些事發生，很和這個故事有關。

還記得那個倒霉的船長嗎？

我稱那艘大客輪的船長為「倒霉的船長」，自然大有理由。在哈山和白老大的打賭行動之中，哈山由於對他的信任，所以他是唯一知道哈山躲進了那容器的人，結果，他卻經不起半條船的巨大利益的引誘，把哈山的秘密，出賣給了白老大。

白老大和哈山的打賭，後來產生了那樣意料不到的變化，大家早已把這場打賭的勝負忘記了。白老大和哈山這樣交情的人，再加上他們的性格，自然不會再把什麼賭注放在心上，早就將整件事當沒有發生過一樣，他們的興趣，轉到了小刀會的身上去了。

也就是說，我既然不必陪哈山去說八十天故事，哈山也不必把那艘豪華大郵輪轉名到白老大的名下。

整件事都過去了，唯有那位倒霉的船長，卻完全改變了他的生命。

哈山知道船長曾把秘密告訴白老大，任何人，在一開始知道自己被信任的人出賣時，當然會不高興，哈山也不能例外。

可是哈山立即原諒了船長，再加上整件事情已告一段落，哈山也沒有任何責備加在船長的身上，還是繼續讓他當船長。

看起來，好像一點也不倒霉！是的，如果船長不是那麼自負的話。

在整件事中，船長雖然由於本身有缺點，不能堅決拒絕引誘（有多少人能受得住這樣的引誘？）但是他是事件的受害者——他什麼也沒有得到，卻損失了他的人格。儘管沒有人責備他，他卻深深自責。

船長算是一個十分正直的人，如果是奸佞小人的話，才不會感到有什麼痛苦，正因為他一生正直，從來也沒有做過對不起人的事，所以在這種情形下，他才會覺得難過之極，再也無法從那種精神狀態之中解脱出來。

於是，他開始喝酒。

（當白老大和白素商量着要用天文數字的金錢收買船長的時候，我曾經竭力反對過。）

（看來我的反對十分有理。）

（別去測試人性，千萬不要！像劉根生警告別去碰那容器中的按鈕一樣，一碰也不要碰！）

一艘大客輪的船長，工作十分繁重，責任也十分巨大，幾乎要二十四小時都保持百分之一百的清醒。而船長由於精神上的內疚，在短短一個月之內，就變成了酗酒之人，如何能負這樣的重責？

而且十分可怕的是，由於自責和酒精的雙重刺激，船長患上了急性精神病。這種急性精神病，正式的名稱是「酒狂症」，患上了這種病的人，比普通的癲狂症更可怕，它間歇性發作——每當體內的酒精積聚到一定程度時，一個平時十分正常理智的人，就會突然變得瘋狂，完全無從防範，而且行為之怪悖，完全和這個人平時的行為不同。那是酒精完全破壞了人腦的正常運作，使人徹底改變行為的結果。

船長的酒狂症第一次發作時在船上，恰好是八十日航期中的第四十天，他忽然和兩個也喝了酒的水手大打出手，弄得鼻青臉腫。

船上的醫生已經診斷他酗酒過度，於是嚴禁他喝酒，可是只禁了兩天，不知道他哪裏弄到了一大瓶伏特加，一口氣灌下了肚中，滿臉通紅地在餐廳中

「發表演說」，粗言污語，聽得連最沒有教養的人也不能忍受，幾個紳士起來制止，船長又和人大打出手。

等到酒醒之後，他隱約知道發生過什麼事，懊喪到了極點，不知如何向人道歉，他把自己鎖在船長室中足足兩天，當然，那是一個惡性循環——在這樣的情形下，他更需要酒精的刺激，於是又有了第三次的酒狂症的發作。

這一次，他竟然堅持兩個艷麗的女乘客是妓女，要把她們趕下船去。

那時，船才離開新加坡不久，正航行在汪洋大海之上，發狂的時侯，他倒沒有忘記自己是船長，充分行使他船長的權力。而被他指責的兩位女士，一位有着男爵夫人的頭銜，另一個是著名的女時裝設計師。

這件事，發展到了船長揪住時裝設計師的頭髮，又打碎了玻璃，硬要把女設計師從窗口塞出去時為最高潮——當然，他又被制服，這一次，他不被當船長看待了，由幾個身壯力健的船員輪流監視，不准他出船長室半步。船上兩個醫生商量之後，還是供給他酒，讓他喝醉，不讓他和別人接觸，他的酒狂症自然也只好害他自己。

高級船員在開會之後，向總公司請示，由於哈山不在，船長又是十分高級的人員，總公司方面也沒有主意，只好指示，到下一個港口時，請他上岸，而由大副代理船長的職務。

看，故事圓兜圓轉，又兜回來了；下一個港口，就是我長住的城市。

也不是船長一上岸就立刻和故事銜接上的，這個城亦有船公司的分公司，分公司的負責人自然不知道船長何以會變成這樣，只知道船長是哈山十分敬重的人，所以不敢怠慢，把公司招待賓客的一棟小洋房撥出來給他住，派了司機、僕人給他，船長索性大喝了七八天，喝得天昏地黑，然後，他又覺得一個人喝酒，十分無趣，所以每天都到一個專供高級海員喝酒的俱樂部去消遣。

那俱樂部之中，幾乎什麼樣的消遣都有，但是船長去了，目的自然只是為了喝酒。很快有些酒量好的人陪他喝酒，而且全是同行，話題投機，酒自然也喝得格外暢快，酒狂症間中發作，反正大家全是酒鬼，各有輕重程度不同的酒狂症，所以大家也不以為意。

那一天下午，船長照例和幾個人，一杯在手，在俱樂部的一個起居室中喝酒。那起居室的佈置，十分古典，沙發全是那種很硬的真皮，釘上了銅釘的那種，光滑得可以當鏡子來刮鬍子。

也不知是怎麼開始的，先是進來了三個人，很明顯，三個人之中，兩個人在不斷巴結另一個人，那個被巴結的人，約莫四十上下年紀，一看就知道是一個長期在海上討生活的人，衣著隨便，可是趾高氣揚，說話聲音極大，一來就吩咐酒保：「拿最好的酒來！要找最好的女人，該到哪裏去找？」

酒保懶洋洋地答應了一聲，卻沒有什麼行動，另外兩個人向酒保一瞪眼：「聽到了沒有，快去，拿最好的酒來，要最好的！」

酒保是一個六十左右的老人，在這家俱樂部服務已超過三十年，什麼樣的陣仗沒見過，他雙眼向上翻，望也不望向那三個人，卻向船長望來：「船長，請問你還要酒嗎？我們這裏，講話都要先說一個請字，對不對？」

船長也看着那三個人感到討厭，一聽得酒保這樣説，就哈哈大笑了起來。

那三個人立時大怒，滿臉通紅，其中有一個掄起拳頭來想去打那酒保，可是看到另外至少有七八對憤怒的眼光射過來，令他不敢輕舉妄動。

船長這時還不是很醉，所以他不想事情鬧大，他揮了揮手：「你們另外找地方去喝酒吧，這裏不適合你們。」

那第一個開口要酒的人還不服氣：「為什麼？我們有的是錢——」

講到這裏，他忽然有點氣餒，改了口，講話的聲音也沒有那麼大了：「我……很快就有的是錢。」

他這句話一出口，起居室中所有人，連酒保在內，都忍不住哈哈大笑起來。誰都可以分得出「有的是錢」和「很快有的是錢」之間的分別有多大。酒保在大笑之後，甚至嘆了一口氣，搖了搖頭，表示同情。

那人的臉漲得更紅，用力揮着手，宣布：「至多三天，我們就可以撈起那艘沉船來。」

一個坐在角落中的人用十分不禮貌的語氣道：「哦，三位原來是專來打撈沉船的？」那人拍着胸口：「怎麼，那不是海員嗎？」

有幾個人，大大地打了一個呵欠，另有人道：「只有會員才能簽帳，據我所知，這裏最好的酒，每瓶價值五千美元以上，請問三位用現金來支付，需要多少瓶？」

那人的臉色難看之極，可是他還是十分有信心，「哼」地一聲：「三天之後，沉船中的財富，可以使我買下整個俱樂部來！」

看他的神情語氣這樣肯定，一干人等，倒也不再去取笑他，都互望着，他們全是十分有經驗的海員，自然對於一切海上活動，也十分留意，可是這時，看他們的神情，顯然都不知道在附近的海域之上，有什麼大規模的打撈沉船工作在進行。

凡是航海者，對沉船都有一種特殊的敏感。每一個航海者都知道，不論現代科技把船隻製造得多麼安全堅固，可是事實上，任何在海上航行的船隻，在不可測的大海之中，隨時都有變成沉船的可能——自然，那也代表了每一個航海者的生命，隨時都有被大海吞噬的可能。

那並不危言聳聽，核子動力的潛艇，應該是人類造船技術的最高峰了吧？可是近三十餘年來，沉在不可測的海底，永遠沒有再見天日的機會的核子潛艇，超過十艘之上，有的，連出事的原因，都無法查明！

再加上，沉船上的財貨，也很動人心弦，若是打撈起一艘沉船，船上載有價值可觀的財寶，自然可以使人突然之間成為富翁。

由於有這兩點吸引，所以一時之間，起居室中，有了一個短暫時間的沉默。然後，才有一個人問：「附近有人在打撈沉船？好像沒有聽到什麼消息？」

這人這句話一出口，那冒冒失失進來的三個人，臉色陡地為之一變。本來，可以看得出他們嚷叫着要拿最好的酒來的時候，已經有點酒意的了。

（不是有了幾分酒意，誰會叫出「拿最好的酒來」這種妄話？）

這時，看來他們的酒意也消退了，甚至還有點慌慌張張，他們三個人齊聲道：「沒有，沒有，當然沒有人在附近打撈什麼沉船！」

三個人忽然改了口，倒令得別人十分驚訝，他們不但否認，而且立時再也不想停留，轉身就向外面走去。他們三個人才一出去，就有兩個人，心血來潮一樣，也跟着向外走去。

船長在這時候，陡然喝：「站住！別出去向他們追問有關沉船的事！」那兩個人在門口給船長喝住了，神色很是尷尬，看來他們正是準備去向那三個人追問有關沉船的事，他們一起向船長望來，船長先一口喝乾了杯中的酒，然後，哈哈大笑了十來秒鐘，才道：「你們出去一問，這三個傢伙一定先神神秘秘不肯說，後來才勉強透露，說他們在海底發現的沉船中，看到金塊，只怕有八十噸，不過他們沒有本錢投資打撈——」

船長說到這裏，其餘的人，也明白船長想表達什麼了，也跟哈哈大笑起來。

在門口的那兩個人，也聳肩笑着：「如果我們投資的話，永遠也不會有機會看到那些黃金，是不是？」

船長打了一個呵欠，一面向杯中倒酒，一面道：「是，這種把戲，是上幾個世紀的玩意兒了，想不到現在還有人在玩，而且，也幾乎有人要上當。」

在門口的那兩個人，滿面通紅，訕訕地走了回來，其中有一個，年紀較輕，臉上有點按不住，低聲說了一句：「或許是真的，也就不定。」

誰料就是那樣的一句話，卻激怒了船長——船長的精神狀態真的處於一種十分可怕的情形之下，他的行動之激烈，簡直超乎想像，他陡然吼叫了一聲，直跳了起來，手中的一杯酒，連杯子向那人擲了過去，那人絕想不到會有這樣的變故發生，「叭」地一聲響，杯子已在他的額上碎裂，有少量的血流出來，杯中的酒，也灑了他一頭一臉。

船長接下來的咆哮聲，即使是講慣粗話的航海者，也聽得驚心動魄，他罵道：「你他媽的賤種，不相信我的話，只怕去找那三個狗娘養的，看你口袋裏那些……錢是不是合……只管去，不去的是……」

這一連串「……」要說明一下，像是《潔本金瓶梅》之類的刪節本一樣，全是刪去了的髒話。

那人好沒來由捱了這樣一頓臭罵，又受了傷，還被酒淋了一身，僵在那裏，不知如何才好，其餘的人也絕料不到會有這樣的事發生，一時之間，也嚇得呆了。

可是，船長還不肯就此罷休，他操起酒瓶來，一揚手，酒瓶順手砸在一張几上，碎裂了開來，他竟然挺着破酒瓶，就向那人衝了過去！

如果不是我恰好在這個時候出現，相信船長的下半生非在瘋人院度過不可。

第三部

發現第二個怪容器

我是如何會在這個時候出現的呢？純是一個「巧」字。我到這裏來，是來找船長的。

我知道船長在這個俱樂部，每天都喝得大醉，醉了就罵人，被他罵得最兇的人之中，有白老大、白素和我，有一個晚上，被已成了著名私家偵探、有偵探事務所很具規模的電腦室的小郭的一個職員聽到了，知道小郭和我的關係，所以告訴了小郭，小郭又特地打了一個電話，告訴了我。

（至於小郭事務所的那個職員，如何會在這裏出現的，那自然不必細表了，否則一個故事，只怕敘述十年八載，都講不完！）

收到了小郭的電話之後，我和白素商量了一下，我們都不知道詳細的情況，但是一個人若是每天都喝醉酒，而且醉了就罵人，那麼這個人的情形很差，是可以肯定的事了。而船長的情形一至於此，這原因，我和白素，當然也可以理解。

白素嘆了一聲：「船長……十分無辜，事情既然由我們而起，我們應該盡量幫助他。」

我對於當日的行動，始終不滿，所以又咕噥了一句：「城門失火，殃及池魚，這位船長先生，可以說是無辜之極了，我這就去看他。」

白素蹙着眉，沒有出聲，過了片刻，才道：「不論他受到什麼傷害，我們都會設法補償。」我沒有再說什麼，雙方的意思，既然已經通過語言得到了交流，就沒有再多說的必要——再說下去，必然是不愉快的爭吵，那是我和白素之間絕不會發生的事。

於是，我就到了那個俱樂部，俱樂部有幾個大航運公司資助，設備相當好，一進去就給人豪華舒適的感覺。所以，當我首先看到了那三個人，急急自內走出來時，我心中也在奇怪：這三個人，看來雖然像海員，可是看起來，絕不夠高級到可以出入這樣的俱樂部。

這時，有一個職員走過來，問我找誰，同時也看了那三個人一下，皺着眉問：「三位是怎麼進來的？」

三人中的一個沒好氣道：「走進來的，怎麼進來，難道爬進來的？」

這人一開口，像是才吞下了一斤火藥一樣，後來看到的船長，則像是才吞下了一顆原子彈。職員很沉得住氣：「我的意思是，俱樂部，要由會員介紹才可以進入。」

那人一揚頭：「哈山這老傢伙，是不是會員？」

若是航海者沒聽説過哈山這個名字，那就像共產黨員沒有聽説過馬克思一樣不可能，那職員略怔了一怔才回答：「哦，是哈山先生介紹來的？有介紹文件嗎？」

人人都可以説是哈山介紹來的，當然口説無憑，職員的要求又很合理。我在一旁等着看那人受窘，因為我想，他當然不會有哈山的介紹文件。

可是世事往往出人意表，那人伸手自後袴袋中，摸出了一隻又髒又舊的小皮包，打開，取出了一張有膠封套的名片來，交給了那職員。

我斜眼看了一下，那是哈山的名片，職員把名片翻了過來，後面寫着幾行字，我看不真切，可是職員一看，神情立時變得恭敬無比，他雙手把名片還給那人，連聲道：「請進！請進！三位可以隨便享用一切，哈山先生會負責費用。」

我「旁觀」到這裏，裏面已經響起了船長暴雷也似的呼喝聲和叫罵聲。我一認出那是船長的聲音，心中暗叫一聲不好，立時急急向內走了進去。

那三個人對職員的態度怎樣，我沒有繼續留意，但是猜想起來，一定好不到哪裏去，因為那人的聲音在我身後傳來：「我們自己的花費，自己會負責，別以為我們沒有錢。」

後面還有一些什麼話，也沒有聽清楚，因為船長的叫罵聲，簡直驚天動地，而等我推開門的時候，船長正好拿着破酒瓶去對付那個已被他罵得狗血淋頭的人。

我一看這情形，自然非出手不可——在這種時候，再不叫船長理智一些，那簡直是船長的幫兇了。

我一躍向前，飛起一腳，踢在船長的右手腕之上，踢得那隻破瓶，直飛了起來。船長的手上沒有了兇器，自然好對付得多了。我一面向他走去，一面叫了他一聲。

船長轉過身，一看到是我，又是一下怪吼聲。我一接觸到他的眼光，便愣了一下，因為他眼中的那種光芒，可怕之極，他給人的印象，一直是一個十分穩重的彬彬君子，可是此時，他哪裏還是一個正常人。

我心中十分難過，可是一時之間，也想不到他病情如此嚴重，所以還好整以暇地在心中嘆了一口氣。誰料就在這時候，船長一聲怒吼未畢，雙手已經向我的脖子上，直捏了過來。

他用的力道是如此的大，以至才被他捏中脖子的時候，真像是兩道鋼箍，直箍了上來一樣，雖然不至於眼前發黑，卻也好一陣金星亂冒。

船長是絕對想將我捏死的，這時他處在那麼嚴重的酒狂症症象之中，狂亂得完全失去了理性，什麼事做不出來？這一點，從他瞪大了的眼睛中可以看出來，他認為令得他處境完全改變的人之中，我也有份，所以才一見了我，就有那麼多的怨毒。

這時，旁邊的人也呆住了，我當然不會容許這種情形持續超過五秒鐘，我立時雙手同時彈出一指，恰好彈中他的肘上。

那一彈，令他雙手鬆開，然後，我伸右手按住了他的心口，推着他前進，左手順手在旁邊的一個人處，搶過了酒。

我把搶過來的酒，遞向船長，船長十分自然地接過了酒杯，一飲而盡，我右手再一發力，他後退兩步，頹然跌進了一張沙發之中。

我立時到他的面前，盯着他，用十分誠懇的語氣道：「沒什麼，任何事都沒有什麼大不了！」

一面說，一面向身後連做手勢，示意拿酒來，因為船長這樣的情形，令他盡快安靜下來的方法，是再讓他喝更多的酒，使酒精令他昏迷！

等到船長又喝了將近十杯酒之後，他的頭向旁一側，呻吟聲大作，雙手揮動着，可是連講話的能力都沒有了！

這時，那個被船長攻擊的人（也是一個高級海員）仍然站着，又驚又怒，不斷無意義地揮着手，想說什麼，可是又氣得說不出話來。

我指了指船長，問他道：「你看到他的情形了，希望你別和一個酒狂症患者計較。」

那人嘆了一聲，一副自認倒霉的神氣，一面抹着臉上的血和酒，走了開去。幾個船員走了進來，神情驚惶，不知如何才好，我問：「有醫生嗎？」有一個人在門口搭口：「這樣的情形，神仙也沒有用，別說醫生了！」

我循聲看去，看見剛才我一進門就遇到的三個人，正在門口，可能是喧鬧聲吸引了他們來看熱鬧的，那句話，就是其中一個人說的。

那個捱了打又捱了罵的人，到這時，才算是緩過了一口氣來，指那三個人，十分不滿：「你們快離開吧！就是因為我對你們所說的事表示了一點興趣，才會有這種倒霉的事發生！」

我在這時，並不知道整件事的來龍去脈，而且也不想去研究，因為對一個酒狂症的患者而言，任何細小的事故，都可以演變為不可收拾的大禍害。我只是在考慮，該把船長送到什麼醫院去，替他進行徹底的治療。我考慮到的第一人選，自然是原振俠醫生。

原振俠醫生其實亦不能算是一個好醫生——他的雜務太多了，但是他有一個好處，對於像船長這樣，由於心理沉重的負擔而形成酗酒，以至成為酒狂症患者的情形，堪稱疑難雜症，原振俠醫生對付疑難雜症的本事，倒還在一般醫生之上。

正當我這樣想的時候，忽然聽到一聲大呼小叫的聲音：「天，你是衛斯理，我認出你來了，你是衛斯理！」

我不禁皺了皺眉，任何人都不喜歡被人指着這樣叫嚷的。我用不是很友善的眼光去望着那個十分興奮、幾乎手舞足蹈的人——他就是那三個人之一，剛才在門口，拿出一張哈山的名片，令得俱樂部職員對他前倨後恭的那個人。

我冷冷地道：「認出是什麼人，值得那麼高興？像開到了一個金礦一樣。」

誰都聽得出我是在諷刺他，那人卻一點也不覺得，而且更加興奮，他真的手舞足蹈起來，而且叫：「你知道我為什麼會到這個城市來？就是想找你，見到了你，比開金礦更好！」

從他的神情和動作看來，他是真的感到高興，而且是異乎尋常的高興，那不禁使我莫名其妙，自然，我也不免多打量了他幾眼，這個人身形十分紮壯，一望而知是長期在海上討生活的人，他有着一頭紅髮，本來有着一股慓悍的神情，這時卻快樂得像小孩子一樣。

我迅速地在記憶中搜索，想知道以前是不是見過這個人，可是沒有結果。

在這時候，那人已大踏步向我走了過來，不由分說，雙手一起抓住了我的右手，用力搖着，所表現出來的那種熱情，簡直叫人受不了。

這種情形，相信很多人都遇到過！人家把你當作多年不見的老朋友，可是在你的記憶之中，根本沒有這個人的存在。

我本來想跟他客氣幾句，可是又急於把船長送到醫院去，所以我抽出手來，十分冷淡地道：「對不起，我好像並不認識你！」

那人在我抽開了手之後，雙手仍然維持着握住我手的姿勢，叫了起來：「我是毛斯，毛斯．麥爾倫！」

他在叫出了這個名字之後，臉上所表現出來的熱情，有增無減，一副希望我撲上去擁抱他的樣子，那真令人又好氣又好笑，我嘆了一聲，向其餘人望過去。

那人一叫出了我的名字之後，周圍的人，都曾發出一些表示知道我是什麼人的聲音，這時，我向各人望去，是想在各人的反應之中，看看各人是不是也知道毛斯．麥爾倫是什麼人！

可是很顯然，各人和我一樣，根本不知道毛斯是何方神聖！

一時之間，大家都靜了下來。

這時，氣氛相當尷尬，那自報了姓名的毛斯，窘得一頭紅髮幾乎都要豎起來。

他搓着手，仍然用十分殷切的目光望着我：「衛先生，你至少應該記得麥爾倫這個姓氏！」

他的聲音，又誠懇又充滿了希望，這倒令我產生了一絲歉意，又想了想，可是仍然沒有任何印象。

這時候，在旁觀者之中，已經有笑聲傳了出來，有一個人叫：「如果你的姓氏是麥哲倫，衛先生一定有印象！」

麥哲倫是歷史上著名的航海家，我自然知道。那人一叫，毛斯用十分憤怒的目光，瞪了那人一眼，我不想再有衝突，只好道：「還有什麼提示？」

這樣一說，氣氛就輕鬆了不少，毛斯指着自己的頭髮，連聲道：「紅頭髮，紅頭髮是麥爾倫一家的特徵！」

我又盡量在記憶中搜尋，可是仍然找不出兩者之間的關係，所以只好向他十分抱歉地搖頭。這時，另外又有人開玩笑地叫：「再來一個提示！」

毛斯的神情有點咬牙切齒，他叫了出來：「潛水！」

而不等我再說什麼，他又道：「我叔叔保留了和你一起拍的照片，所以我才認出你來的！」

看樣子，我要是再認不出他是什麼人來，他會把我當作大仇人了！但是這時，我已經想起他該是什麼人了！

並不是我的記憶力不佳，而是一來，事情相隔得相當久遠，有若干年了。二來，我根本沒有見過他，我曾認識的是另一位麥爾倫先生，應該是他的叔叔！

而單憑這一點，這個人一叫出他自己的名字，就希望我認出他是什麼人來，也未免自視太甚，令得他發窘，是他咎由自取，與人無尤！

他的叔叔，麥爾倫先生，曾是出色的潛水家，在若干年前，我、麥爾倫和另外一個叫摩亞的年輕人，曾在大海之中，有一段奇詭莫名的經歷，在這段經歷之中，我，衛斯理，由於極度驚恐的刺激，而變成了瘋子，在進了瘋人院，若不是萬分之一的幸運機會，只怕我就會一直在瘋人院中度過。

而那位曾經是世界最出色的潛水員麥爾倫，當時已經退休了大半年，那年他三十八歲，仍然體壯如牛，可是同樣由於受不了恐怖的刺激，情形比我更壞！把一支來福槍的槍口，塞進自己的口中，然後，再用繩子連結了槍機，放槍自殺！

那件奇詭莫名的事，我自然記得，曾記述在《沉船》故事之中，印象異常深刻，可是麥爾倫這個姓氏，畢竟淡忘了，不是那麼容易想得起來。

這時，我全想起來了，不由自主，長嘆一聲：「令叔自殺那年，你還是個青年吧！」

一聽得我那麼說，毛斯知道我想起了他是什麼人來了，他極其高興，忙道：「那時，我也已經開始潛水了，半職業性，我們全家都酷愛潛水。」

我又嘆了一聲：「是，令叔和我說過，你們是北歐威金人的後代！」

我連連嘆息，自然是由於麥爾倫確然是十分出色的潛水家，他英年早逝，十分可惜——那種恐怖的景象能令得我發瘋，麥爾倫因之自殺，自然也不是他特別軟弱的緣故。

毛斯見到我終於想起了他的叔叔，十分高興，但是他的神情，立時變得十分鬼頭鬼腦，四面看了一下，壓低了聲音：「衛先生，有十分重要的事，關係到……嗯，我們是不是可以找一個地方詳談？」

我皺了皺眉，我一向不喜歡行事鬼頭鬼腦的人，所以我搖頭，指着船長：「他變成這樣子，我多少有點責任，我要把他送到醫院去！」

我拒絕了他，誰知道毛斯很會利用機會：「好極，我幫你送他進醫院，在途中，我們正好詳談！」

他說着，不等我有反應，就向另外兩人招手：「大半、小半，扶起這位先生！」

那兩個和他在一起的人，十分聽話，立即一邊一個，扶起了船長來，他們顯然對付爛醉如泥的人很有一手，扶住了船長之後，又伸手略為托住了船長下垂的頭——爛醉的人，完全沒有控制自己的能力，很可能在頭部的擺動之中，折斷頭骨！

我看到這種情形，倒也不便再推辭，反正我也需要他人幫助，我們一行人等，出了俱樂部，那職員恭而敬之地送了出來，自然是由於毛斯有哈山名片的緣故。大半小半——他們是兄弟，有十分古怪的名字，本來是流浪兒，從小跟着毛斯，所以對毛斯十分尊重，他們兩個人把船長夾在中間，坐在後面，我駕車，毛斯就坐在我的身邊，我第一句話就說：「從這裏到醫院，大約是二十分鐘的車程，希望你要說的話，在這二十分鐘內可以說得完。」

毛斯十分感激：「足夠了！足夠了！」

接着，他介紹了大半和小半，又解釋自己何以會有哈山的名片：「哈山喜歡稀奇古怪的故事，我一直在世界各地從事潛水工作，海面上固然風雲莫測，海底更是千變萬化，有的是怪事，我曾對他講了許多怪事，他就送了這張名片給我！」

這時，我已經駕着車，駛向原振俠醫生服務的那家醫院，我好意地提醒他：「你只有十七分鐘了！」

毛斯吸了一口氣，居然又沉默了半分鐘之久，我也由得他去，不去催他，他取出了一支煙來，想吸煙，可是看到我臉色並不同意，又放了下來，這才開了口：「衛先生，我不知道我將會成為什麼樣的富翁！」

一聽得那樣的「開場白」，我真想立即停車，把他一腳踢下車去！

我悶哼了一聲，冷冷地道：「為了能使你盡量利用這十幾分鐘的時間，我盡量不發問，由你來說！」

潛水人多半做這樣的夢：找到一艘沉船，沉船上有着數不盡的金銀珠寶——雖然不是沒有這樣的例子，可是成千上萬的潛水人，能有這樣幸運的，屈指可數。不錯，在汪洋大海之中，歷年來，不知有多少船沉在海底，也真的不知有多少金銀珠寶靜靜躺在海底，可是，也永遠不會被人發現。

毛斯一開始就那樣說，我自然不感興趣，所以在講完了那幾句話之後，就大大打了一個呵欠，希望毛斯能夠知趣，別再繼續下去。

可是毛斯依然如我所料地繼續下去：「我找到了……一些沉船……幾艘

船，沉在一起，看來是在一場海戰之中，一起沉進海中的，其中的一艘船上，有着一隻十分巨大的鐵箱子，裏面有可能是數不盡的珠寶！」

我連「嗯」一聲都省了，只是自顧自駕車。

毛斯嚥了一口口水，神情一如他已打開了那大箱子，也變成了「不知是什麼樣的富翁」一樣。「照我的推測，這艘船，遇上了海盜，在和海盜的抗爭之中它被毀下沉，另外有三艘海盜船也沉沒，所以才會有四艘船沉在一起的情形。」

我這時，正轉了一個急彎，仍然一點反應也沒有。

毛斯沒有注意我的神態，顯然他認為自己的故事，十分動人，繼續道：「那艘船是西方的船隻，而幾隻海盜船，是中國式的木船——」我一聽到這裏，勃然生怒，幾乎要用粗話罵他，雖然我終於沒有罵出口，可是我的語意必然不客氣之極：「為什麼中國船就是海盜船？你對中國人的評斷是根據什麼而來的？」

毛斯看到我聲色俱厲，着實吃了一驚，連聲道：「對不起，對不起……那三艘中國船，也有武裝……有炮，還有……一些標誌，是銅牌，我拾了一塊上來，請人去鑒定過，專家說，銅牌上鐫着的字，說明這……些船，屬於一個中國的海盜組織所有，叫做『小刀俱樂部』。」我陡地呆了一下，這時，車子正在紅燈前停着，我由於驚呆，以至轉了燈號之後，忘了開車，令得後面的車子，喇叭聲大作。

「小刀會俱樂部」，自然就是「小刀會」！

小刀會在以上海作大本營之前，曾長期在海上進行活動，當其時，在海上作些沒本錢的買賣，自然也大有可能，如果那是小刀會的船，事情就值得聽下去，因為我正為小刀會的事在傷腦筋！

（各位讀友看到這裏，一定會說：太巧了，怎麼剛好莫名其妙遇上了三個人，就和故事有關？）

（要說明一下的是，情形其實並非如此。是因為後來事情的發展，這幾個人和故事有關，所以我才把遇見他們的經過記敘出來。）

（我每天不知道要遇見多少人，若是和故事無關的，當然提也不會提，提到的，必然有或多或少的關係。）

（所以，就算在馬路上迎面遇上了一個人，和故事有關，也並不是碰巧，而是由於與他有關，他才會在故事之中出現。）

毛斯說着，又道：「我有許多照片，是和那四艘沉船有關的，可惜沒有帶在身上。」

我開始有了興趣，就問：「那個組織叫小刀會，的確曾和西方人有過交往，在上海，他們還和支持清朝政府的西方軍隊打過仗！」

毛斯的神情十分吃驚：「真的？那艘沉船，卻不是兵船，只是運輸船，不過也多少有些武裝。」

我沒有表示什麼特別的意見，主要是不想在這個問題上多作討論。當時，在東方進行貿易的許多西方商船，例如屬於「東印度公司」的船隻，豈止有

「多少武裝」而已，連大炮都有。

醫院已經快到了，我直接地問：「你把這些告訴我，目的是什麼？」

我在這樣問他的時候，已經注意到毛斯十分工於心計，因為他向我說了他發現沉船的大致情形，可是對於發現沉船的地點，絕口不提，那自然是怕我知道了地點會對他不利之故。

所以，我問他的時候，口氣也十分冷漠。

毛斯立即回答：「希望能和衛先生合作，一起去打撈那幾艘沉船。」

我一口拒絕：「對不起，我對打撈沉船，簡直一點興趣也沒有，而且，你真是找錯人了，打撈沉船，也不是我的專長！」

毛斯有點發急：「我想到要和衛先生合作，是由於還發現了一些十分神秘的情形，接觸和解決神秘現象，那正是閣下的專長。」

我有點生氣：「那你為什麼不先把神秘情形說出來？」

毛斯的神情十分尷尬，支吾了一陣，才道：「我……怕你不相信。」

我大喝一聲：「那就別說了！」

一直在後面一聲不出的大半和小半兩人，直到這時，才有一個開了口，也不知是哪一個：「是真的，衛先生，在其中一艘木船的甲板上，有着十來隻木箱——」

我不耐煩：「又是大鐵箱，又是大木箱，大木箱中的自然也是金銀珠寶了？」

從倒後鏡中，我看到說話的是大半，他道：「不是，全是步槍和炸藥。」

我心中有數：若是小刀會和一艘軍火載運的洋船發生了衝突，那麼，多半是在小刀會佔領上海，清政府借助洋人力量對付小刀會的時候。

而且，那也不是什麼海盜的劫掠，必然是一場十分慘烈的軍事行動！

這四艘沉船，可以說是研究這一段歷史的大好資料，但是要把四艘沉在海底將近一百年的沉船撈起來，所花的人力物力，絕不簡單，世上決不會有什麼人，為了弄清楚這段歷史而肯付出這樣的代價的。

根據我的推測，洋船運軍火來支援對付小刀會的軍隊，必然以上海附近為卸物目的地，也一定要沿海駛進長江口，事情不會發生在長江，一定是在接近長江口的海域上，那一帶海域，海水並不深，這自然也是毛斯他們能發現沉船的原因。

經過迅速的思考，我已經有了一個概念，所以我裝着十分不經意地道：「你們找沉船，找到了南水道和北水道一帶，也真可以說神通廣大！」

「南水道」和「北水道」是專門的地理名詞，要沿海進入長江口，必然要經過崇明島，崇明島橫在長江口的中間，把長江前後的出海口隔成南北兩部分，在北的就叫北水道，在南的是南水道。南北水道以東，就是黃海。

如果我的推測不錯，這場海上的軍事行動，必然就在這附近的黃海發生。

果然，我的話才一出口，大半和小半兩人，首先發出了「啊」地一聲。毛斯從頭到尾，沒有說過沉船是在什麼地方，忽然聽到我說出這樣的一句話來，神情如見鬼魅，盯着我，身子不由自主在發抖。

一看到這樣的情形，我就知道自己料中了，我進一步搜尋我對那一帶的地理的記憶，又不急不徐地道：「如果那是一場伏擊戰，我想，雞骨礁和牛肉礁之間的海道，是最理想的地點！」

毛斯直到這時，才發出一下呻吟聲：「我什麼也沒有說過，你怎麼知道？」

我攤了攤手，一下子就把車子停在醫院門口：「到了，我去請醫院派人抬擔架來！」

我下了車，召來了醫護人員，原振俠醫生不在醫院中（早就說過他不是一個好醫生），等到安置好了船長，我十分不客氣，並沒有再請他們三個人上車的意思。

毛斯大概也知道沒有什麼希望了，神情十分沮喪，我安慰他：「我建議你去找哈山先生——他現在行蹤不明，遲早會出現的。他不但財力雄厚，而且對小刀會的事，十分感興趣，你去說，至少有六成把握！」

毛斯嘆了一聲：「可是，哈山不能解釋何以至少有一百年的船上，會有一隻凍肉櫃。」

我呆了一呆，一時之間，沒有會過意來，而等我會過意來時，我失聲大叫：「你說什麼？」

在一剎那間，我真的非需要大叫不可！

毛斯忽然提到了一隻「凍肉櫃」，而劉根生的那個容器，在外形看來，就十足是一隻凍肉櫃！劉根生是小刀會的頭目，沉船中有三艘木船，屬於小刀會。

這其間，可以搭得上關係的線索太多了。

我首先想到的是：那容器，一隻還在法國的工廠之中，大家正在研究，會不會另外還有一隻，至今還沉在海底？

我失聲一叫，毛斯、大半和小半都嚇了一大跳，我忙問：「你說什麼？什麼凍肉櫃？」。

毛斯生怕自己說錯話，所以說得十分小心：「在那西方船隻上的一隻大鐵箱，看來就像一隻……凍肉櫃，我拍了照——」

他才講到這裏，我就一揮手：「快上車，去看你拍的照片去！」

毛斯大是高興，和大半小半上了車，告訴了我他們所在的地方。一聽到他們現在的住址，我就知道他們何以會在接近長江口的黃海海域之中，發現沉船了。

他們現在所住的地方，屬於一間石油勘探公司的賓館，他們當然是受雇於這家石油勘探公司，在黃海潛水作業，想找海底是否有石油蘊藏。

當然是在他們潛水作業的過程之中發現了沉船。

我自然而然地問：「發現沉船的事，還有別的人知道不？」

毛斯神情凝重：「只有我們三個人，現在加上你，我們發過重誓，絕不對外泄露，你……你……」

我悶哼了一聲：「我不會對人說起。不過我不明白你們為什麼要找我。」

毛斯的回答有點吞吞吐吐，可是我還是一下子就明白了他的意思。他道：「那一帶的海域……有一項規定，在海中如果發現了什麼的話，當地政府……」

我不等他講完，就不禁又是好氣，又是好笑。他們來找我，原來是怕在海中撈起了物件之後，礙於當地法令，無法據為己有。

那麼，我在他們的心目之中，是什麼樣的人物？是闖關走私大王？

如果不是知道在海底，另外有一隻「凍肉櫃」，而且又恰好和小刀會有關的話，毛斯只怕會有點小苦頭吃。但這時，我自然不和他們計較，只是悶哼了幾聲，毛斯卻用充滿了希望的神色望着我，等候我的答覆。

我只好道：「那不成問題，我有兩個朋友，他們自製的小型潛艇，性能極其優秀，發現了什麼東西，根本不必令之浮上海面，就在海底拖走，拖到公海，再準備船隻接應，萬無一失。」

我的幾句話，講得毛斯和大半小半眉飛色舞，興奮莫名，因為我提供的辦法，確然是十分好的辦法，再妥當也沒有。

毛斯忽然神情十分嚴肅，望定了我：「衛先生，利益怎麼分法？」

我呆了一呆，反問：「本來，你們三個人，協議是怎麼分法？」

毛斯沉聲道：「我佔一半，他們兩人佔一半。」

我想了一想，雖然我其實並不想分什麼利益，也知道那「凍肉櫃」之中，並沒有什麼金銀珠寶，多半裏面是另一個生命處於停頓狀態的人，可是我知道，如果我不認真，他們會以為我沒有誠意。

我需要在他們的發現上，發掘出更多的真相來，這個送上門來的機會可萬萬不能錯過，所以我開了條件：「我和你各佔三分之一，他們佔三分之一。」

毛斯顯然可以決定一切，不必徵求大半小半兩人的意見，他沉吟了片刻，又問：「一切費用——」

我不等他講完，就道：「自然是除卻一切費用之後再分——據我所知，費用會相當昂貴，如果沉船之中找到的東西，不足以支付費用，那由我負責。」

我最後兩句話，十分有效，毛斯表示滿意，但他還是過了十來秒，才點頭表示同意。他道：「本來我想找哈山先生的，他對這種稀奇古怪的事，最有興趣，一定會資助我打撈，可是我怎麼也找不到他。」

我只是冷冷地道：「原來我只是副選，不過我可以告訴你們，找到了我是對的，哈山有興趣，可是未必有能力做這件事，尤其是把東西神不知鬼不覺地帶出來。」

毛斯居然十分同意我的意見，或許他是為了消除我心中的不快，所以連連點頭：「是！是！一切都要仰仗衛先生的大力！」

這個人，在外形看來，十分粗獷兇悍，可是從他的言談上，又可以看出他十分老謀深算，並不是一個容易對付的人物。好在我和他們的「合作」關係，就算成立，也十分簡單，也就不必太放在心上。

我也沒有告訴他哈山到上海去了，而且目的正是去尋找小刀會活動的資料。

說話之間，已到了那賓館，毛斯等三人住了其中的一層，想來他們的工作十分重要，所以受到厚待。一進屋子，毛斯便提過一隻公事包來，放在桌上，手按在公事包上，望向我。

我道：「我不會隨便對人說，但是對一些要參加打撈工作的朋友，我也無法隱瞞。」

毛斯吸了一口氣，沒有再說什麼，就打開公事包來，裏面是許多文件夾，他打開了其中的一個，放在我的面前。或許是現代海底攝影設備，已經十分進步的緣故，我看到的照片，拍得十分清晰。

先是遠景，木船和商船，只有極少部分埋在沙中，絕大部分都在水中，很令人驚訝的是，小刀會的那三艘船，雖然是木船，可是在海水之中浸了上百年，還十分完整。可知中國人在長期採用木料製船的過程中，對於木材的防腐方法，已經有了十分豐富的經驗。

一點也不錯，船是小刀會的，在一張照片上，可以看到船頭上釘一塊銅牌，依稀是一柄小刀，那是小刀會的標誌。在另一張照片上，斷了的主桅之上，還有「忠勇」兩個字的鐫刻。

那三艘船並不大，船首高高翹起，樣子十分奇特，看來是海上的快船，是攻擊型的。

而那艘商船，則已是當時十分進步的「鐵甲船」，如何會和三艘木船一起沉在海底的？想來當時必然有極其強烈的爭戰。

我急急看着照片，不多久，就看到了那隻「凍肉櫃」。

我屏住了氣息，「凍肉櫃」在商船的甲板上，一個十分奇怪的位置上。先說明一下，一見到這「凍肉櫃」，我的面色，一定曾變了一變，因為一眼就可以肯定，這正是那個容器，那個哈山自大西洋上撈起來、劉根生自內走出來的那隻容器！

它放在甲板近右舷處，從甲板上，有一根鐵柱，那鐵柱原來的用處，可能是栓錨上的鐵鏈用的，而那容器，被鐵鏈橫七豎八地鎖着，鎖在那鐵柱上。

毛斯在我盯着照片看的時候，用十分疑惑的聲音問：「這……大箱子怎麼會鎖在甲板上，不放在艙房中？」

我已經有了答案，可是我回答他：「不知道。」

我這樣回答，並不是有意要隱瞞什麼，而是要解釋起來，實在太複雜了。

我已經有了的答案是，這容器，可能是商船在航程之中撈起來的。由於商船上沒有人可以打得開它，又不知道它是什麼，也不肯放棄它，所以才將它鎖在甲板上，等候處理。

我又想到的是，是不是當時撈起來的一共有兩隻呢？不然何以劉根生會有這樣的奇遇，進入了那個容器之中，開始了他停頓的、間歇的生命？

一想到這裏，我不由自主，「啊」地一聲，張大了口，合不攏來。

事情本來一點頭緒也沒有，可是只發現了一點線索，就一環扣着一環，可以解開不少謎。我想到的是，作為小刀會的頭目，劉根生是不是曾參加這次海上襲擊運軍火的洋商船的行動？

他極有可能參加了這次行動，更有可能就是在這次行動之中，得以進入那容器的。

毛斯他們自然不明白我何以忽然發出驚呼聲。我在繼續想，如果劉根生一出容器就到上海，為的就是要找尋這一段歷史，我的發現，是不是對他有足夠的誘惑力，引誘他出來見我呢？

毛斯連聲在問：「衛先生，以你的經歷來看，這是什麼……容器？」

毛斯的問題，問得十分小心，我估計他已經從我的神態之中，知道了我多少對這東西有點認識，所以他問的時候，緊盯着我看。我仍然不打算在這個時候告訴他什麼，因為事情十分複雜，而且說了，只怕他也不容易接受事實，所以我仍然道：「現在來猜測，並無意義，一定要把它撈起來再說。」

毛斯答應着，我又問：「你們曾潛進船艙去？有沒有什麼別的發現？」

毛斯搖頭：「沒有，最奇怪的就是這隻大箱子。」

我又把全部照片再看了一遍，有不少，是在船艙中拍攝的，確然沒有什麼特別之處。

而這四艘沉船，對我來說，有特別的意義，是由於其中有三艘，曾屬於小刀會所有之故。

毛斯顯得十分心急，一個人有了發財的夢，總希望早一點實現，他問我：

「你要準備多久？」

我想了一想，我剛才對他說的朋友，是指戈壁沙漠而言，他們擅於製造各種各樣的古怪東西，又和世界第一流的各種製造廠有聯絡，我想通過他們，弄一艘性能良好的小型潛艇，不是難事，可是需要多久，我也說不上來。我的回答是：「盡快，我怎麼和你聯絡？」

毛斯指着几上的電話：「十天之內，我會留在這裏，然後，我又要工作。」

我問：「還是在老地方？」

毛斯點了點頭，沒有再說什麼。他還是十分小心，雖然我已知道了沉船的所在地點，但那只是大致的地方，精確的所在，仍然不知道，要找，自然還得費一番工夫，毛斯為了保護他自己的利益，不肯透露精確的所在，倒也無可厚非，我道：「十天之內，我相信一定可以出發了。」

毛斯的神情十分興奮：「我早就說過了，找到了衛先生，比找到了個金礦更好。」

我忍不住說了他一句：「別希望太大，那容器之中，可能什麼也沒有。」毛斯用力眨着眼，像是我的話，是最不可相信的謊言一樣。我伸手在那疊相片上拍了一下，告辭離去。在回家途中，我真是興奮莫名，在出發去看船長的時候，怎麼也想不到會有這樣的奇遇！

一進門，我就大聲叫白素，可是白素不在，我奔進書房，立時拿起了電話來，我不知道法國那時正是什麼時間，可是沙漠的聲音，聽來有氣無力，弄清楚了是我，才有了一點精神，而在兩分鐘之後，他的聲音，聽來簡直龍精虎猛，因為我已把我的發現，告訴了他。我聽得他在叫：「快起來！衛斯理發現了另外一隻古怪容器！」

接着，我又聽到了戈壁的聲音，我不等他們多問，就提出了一個要求：「替我準備一艘性能良好的潛艇，我不想多惹麻煩，在海底把那容器拖到公海，就什麼問題都解決了。」

我聽得戈壁沙漠低聲商量了一陣子，戈壁就問我：「衛先生，你聽說過『兄弟姐妹號』？」

我「啊」地一聲。我自然聽說過「兄弟姐妹號」，那是雲氏兄弟以他們的精湛技術和工藝為基礎，用龐大的工業機構作支持，製造出來的一艘奇船——堪稱是世界第一奇船。

這艘長度只有三十分尺的奇船，從外形看來，並不十分突出，可是它性能之超卓，卻是世界之最，它能在水上起飛，又能潛下三百公尺的深海，甚至可以在深海中直接起飛，破空直上九霄，簡直有點類似神話中的產物，曾經是木蘭花、穆秀珍姐妹和雲氏兄弟最得意的交通工具！

我忙道：「我自然知道呢，如果可以借用它，那真就最好了。」

戈壁沙漠齊聲道：「我想沒問題——如果連我們兩個一起借用的話。」

我哈哈大笑了起來：「沒有問題，買肉，總要搭些肉骨頭的，你們那邊的情況怎麼樣？」

沙漠道：「一點進展也沒有，悶得幾乎自殺了，幸虧你的發現救了我們。我看，三天之內，我們可以來到，當然是連船一起來。」

我放下了電話，由於心中實在高興，所以雖然只是一個人，可是仍然連連搓手，大聲説道：「好極！好極！」

我又立刻打了電話給毛斯，告訴他最遲三天之後，我們就可以出發，毛斯聽了之後，好像有點不相信，最後才道：「你真是神通廣大！」

我呵呵笑着，很有點自鳴得意，「神通廣大」這個形容詞，放在我身上，誰曰不宜？

第四部

一隻布包袱

當天傍晚，白素回來，我和她一說，她也感到意外之極，詳細問了我經過。我道：「可惜聯絡不到兩位老人家，不然，倒可以邀他們一起去。」

白素聽了之後，神情有點古怪，我一看，就知道她必然有話要說，所以就不出聲，等她先說。

白素吸了一口氣：「你走了之後不久，我就收到了一個電話，是一個帶上海口音的中年人，他說，他才從上海回來，在上海，他遇到了一位白老先生，白老先生託他帶來了一點東西，要轉交給我，要我去拿。」

一聽到有了白老大的消息，我更是興奮：「帶來的是什麼東西？」

白素的神情更古怪，我知道事情一定有非常奇異之處，所以急得連連揮手。白素卻又笑了起來：「隨你猜，你都猜不出來。」

我嘆了一聲：「你知道在這種情形下，我沒法猜。」

白素作了一個示意我略等一等的手勢，她走了出去，我連忙跟出去，看到她在門口的樓梯扶手上，取下了一隻布包袱來。

那布包袱所用的布，竟然是久已未見的藍印花布，那種藍印花布，曾是中國農村中最普遍的花布。

我一把搶過那包袱來，那包袱十分輕，三下兩下解了開來，看到的東西，連我看了，也不禁發呆。

包袱中的東西，一點也不古怪，只是我絕想不到，白老大特意託人自上海帶來的，會是這些物事而已。確然，如白素所說，隨便我怎麼猜，也猜不出來的。

要我用簡單的話來形容包袱中的東西，我還得想一想才說得出來。那是一些小孩子的衣服，或者正確一點說，是嬰兒的襁褓——記述了那麼多故事，寫的字數以千萬計，還是第一次用到這兩個字。

這些嬰兒的衣服，包括了一件小小的上衣，一條開襠袴（沒有尿布），還有一塊一面有繡花的布，這塊布，是用來包嬰兒用的，上海的嬰兒，如果在冷天出生，就會用這種布包起來，手腳都被包得緊緊的，不能亂動，只有頭露在外面。

這種包嬰兒來的方法，有一個專門的名詞，叫「蠟燭包」——由於包好之後，是圓柱形的一截，看起來像是一段蠟燭之故。

除此之外，還有一雙小鞋子，鞋頭有黃色的老虎頭裝飾，那是「虎頭鞋」，也是上海小孩子常穿的鞋子。

我眼定定地看了這些東西半晌，才問出了一句話來：「什麼意思？」

白素笑了起來：「帶東西的那位先生，說爸沒說別的，只請他把東西帶來，看來，爸是考驗我們的智力來了，是不是？」

我不禁苦笑：「不必考驗，我認輸了。這是一套嬰兒的衣服，夾爽裏部分的白布已經發黃，歷史悠久，可以放在民俗博物館作展覽，我實在無法在其中看出一些什麼來。」

白素不是怎麼敢表示不滿，可是顯然她也十分困擾，皺着眉，抖抖這件，又拍拍那件。我揮手道：「別傷腦筋了，見了他，他自然會說。」

白素也笑了起來：「人年紀愈大，愈是像小孩子，真古怪。」

我不是不想知道白老大弄了一套嬰兒的衣服來是什麼意思，但實在無從設想起，又有什麼辦法？

白素隆而重之把包袱又包好，而那些衣服，年代確然相當久遠，一條小開襠袴，在攤開又摺好的過程中，摺痕處竟然碎裂了開來。

白素在當晚，忽然對我說：「你在三天之內，反正要去撈沉船上的那個容器，我想趁機到上海去。」

我立時盯着她：「你知道老爺子在什麼地方？」

白素道：「不確切知道，可是根據帶東西來的那人的話，多少有點頭緒。」

我皺起眉：「有什麼特別的原因要令你前去？」

白素嘆了一聲：「唯一的原因是，爸年紀已經那麼大了，能和他在一起的日子，正在迅速減少，我很想盡量爭取和他在一起的機會。」

白素說得十分認真，我聽了之後，也覺得心情十分沉重，所以，只是用點頭來表示同意，白素向我靠了一靠：「明天我就動身。」

白素說明天動身，可是到了晚上，事情就有了意外的發展，將近午夜時分，門鈴響了之後不久，就是老蔡的歡呼聲，和白老大「呵呵」的笑聲。白素自書房中直撲了出去，行動不比良辰美景慢。

我也忙跟了出去，白老大精神奕奕，正大踏步走了進來，白素自樓梯撲下去，白老大向我揮手：「收到我叫人帶來的東西沒有？」

白老大問着，神情中大有挑戰之意。

我立時道：「收到了，十分有趣，難道是老爺子嬰兒時期的用品不成？」

在白老大問我之前，我連想也沒有想到過這套嬰兒衣服和白老大有關，這時他問，我答，純粹是一時之間想到的，只是說來玩玩而已。

白老大聽得我這樣回答，卻怔了一怔，才道：「當然不是我的，是哈山小把戲時的用品。」

他這句話一出口，我和白素都驚訝不已，白素忙道：「哈山先生呢？」

白老大道：「他留在上海，還在繼續找！」

白素道：「找什麼？」

白老大兩道銀白色的濃眉皺在一起，神情十分古怪。這一點，他們父女兩人，頗有相似之處，一有疑難問題在心裏，就會有那樣的神情。

這時，我已下了樓，白老大作了一個手勢，示意我坐下來，我先去斟了兩杯酒，才和他面對面坐了下來，白素靠着他坐。

白老大喝了一口酒：「哈山和我差不多年紀，快九十歲了，他卻像發瘋一樣，要找他的父母。」

我不禁嘆了一聲，真是怪事愈來愈多，亂七八糟，不知從哪裏說起才好。

白素比我鎮定：「哈山先生是個孤兒？在孤兒院中長大的人，總是想知道自己的父母究竟是誰的，哈山先生也不能例外，倒也是人之常情。」

白老大「哼」地一聲：「人之常情？他早六十年怎麼不去找？」

白素道：「你怎知他沒有找過，或許沒有結果呢？」

我忍不住提高了聲音：「那套小孩子衣服是怎麼一回事，怎麼知道是哈山的？」

白老大揮了揮手：「說來話長，也十分湊巧，我們決定了不招搖，只當是普通人，到上海去，兩個糟老頭子，自然不會有什麼好招待，好不容易找到了一家小客棧，在南市，總算不至於露宿，你們再也料不到，那小客棧，還是用馬桶的，沒有現代衛生設備。」

白老大又大大喝了一口酒。

兩位老人家平時的物質生活，屬於世界第一流的水準，這時睡在晚上還要起來找臭蟲的小客棧中，倒也不以為苦。上海市的南市一帶，近年來，並沒有什麼發展，一切和幾十年前沒有多大的不同，只是人更擠，一切更加殘舊。

熟悉的環境，帶給他們太多年輕時的回憶，他們有太多的地方可去，可消磨時間，在一幅殘破的磚牆之前，他們可以站上老半天，欷歔時光之既逝，自然環境差些，也不以為苦。

一切到三天之後，他們跑遍了上海各處，才定下心來，找到了一個收藏近代史中有關上海部分的機構，兩人又埋頭埋腦研究有關小刀會資料。

在這三天之中，那機構的主持人，看出這兩個老人大有來頭，對他們十分客氣，他們透露了要找小刀會詳盡資料的意願，那文史館的館長道：「有一位文史委員會的會員，和兩位差不多年紀，專門研究小刀會的歷史，兩位是不是見一見他？」

白老大和哈山大喜：「我們應當去拜訪，請先代我們聯絡一下。」

於是，三個老人，在一所可以列入國家一級保護文物的屋子中見面，互道慕之情——其實在這以前，誰也沒聽過誰的名字。

那位老人家的名字是史道福。年事雖高（比哈山、白老大更老），可是身體硬朗，思路清楚，和哈山白老大，正是同一年代的人，到了他們這種年紀，能遇到同一時代的人，也是非常不容易的事，三個人講起上海的舊事來，忽然提到上海有一處地名叫「鄭家木橋」，三個人都異口同聲：「那裏其實有過一道木橋的。」

三個人互望着，感到世界上知道在鄭家木橋真的曾有過一座木橋的人，可能已不超過十個，而他們三個居然能聚在一起，那真是難得之極，所以更加莫逆，真正的一見如故。

可是雖然如此，史道福老人在那種每個人都懷疑另一個人的環境中生活得久，心裏的話，還是不會立即向別人說出來。他們先就小刀會的歷史，高談闊論了三天，然後，到了第四天，三個老人都略有酒意時，史道福才問：「兩位知道我為什麼會對小刀會的歷史感興趣嗎？」

白老大和哈山是何等樣人物，早就感到，在這三天之中，史老頭雖然和他們傾心相交，也提供了不少小刀會的歷史，可是總有點吞吞吐吐，有好幾次欲語又止的神情，落在兩人的眼中。

兩人也私下商量過，一致認為史道福的心中，另有秘密，未曾說出來。

他們自己是老年人，自然知道老年人的心理，老人如果有心要隱藏什麼秘密的話，那除非他自己願意說出來，不然，沒有什麼人可以強迫他講。要是他自己不願意說，那麼這個秘密，也就永遠不為人知了！所以，哈山和白老大十分小心，絕不試探，唯恐打草驚蛇——雖然他們當時不知道史道福究竟有什麼秘密。

直到那天，史道福這樣一問，哈山和白老大互望了一眼，白老大打了一句蘇白（蘇州話）：「來哉！」意思是史道福快要說出他的秘密來了。

哈山裝作若無其事：「不知道，如果你不方便說，不說也不要緊。」愈是叫別人不要說秘密，人家就愈是要說，這是人的通病，史道福也不例外，可是他又呷了一口酒，舐了半天口唇，把口中的幾隻假牙拿下來也放上去，足足過了兩分鐘，哈山和白老大兩人都幾乎忍不住要罵髒話了，他才道：「我上代，和小刀會……有過一點糾葛，由於我上代……做了對不起人的事，不是很光采，所以……這是一個大秘密，至少有七八十年沒人提起了！」

白老大和哈山等了半天，憋了一肚子氣，卻聽得他扭扭捏捏，講出了這一番話來，不禁又是好氣，又是好笑，哈山首先忍不住，發言「觸霉頭」：「是不是你上代曾經告過密，把小刀會送到官府去過？」

上海話之中，說話「觸人霉頭」的意思，就是不客氣，不說好聽的話，故意令對方難堪，再俚俗一點，可以說成「煤球一噸一噸倒過去」，很有非令對方下不了台不肯休止的刻薄。

哈山這時候的話，也就夠刻薄的了。因為根據中國民間的傳統，同情總是放在造反的一方，不會放在官府的一方，那是中國幾千年來的封建統治所形成的一種民族叛逆心理。小刀會在上海造反的前因後果，不必深究，敢於和官府對抗，而且官府又和洋人勾結，那就足以令小刀會在傳統之中變成英雄。

哈山那兩句話，等於是說史道福的上代，幹過官府的狗腿子，這侮辱可算是相當大。史道福一聽，立時瞪大了眼，漲紅了臉，十分生氣，可是他在喝了一口酒之後，怒意消失，嘆了幾聲：「不至於那麼不堪，可是也……實在對不起人，我說的上代……是我的叔叔和阿嬸，我自小喪父，娘走得不知所終，是叔叔和阿嬸養大我的，當時，我叔叔是一個手藝人，專替人補鞋子，在一個弄堂口，擺一個小攤子，事情發生那年，我四歲，已經有點記性了！」

他說到這時，伸手指了指自己的腦袋，像是對於自己能保持四分之三世紀的記憶，十分自傲。

而哈山和白老大兩人，在這時，不禁面面相覷，啼笑皆非。

他們絕未曾想到，史道福竟然會「從頭說起」，他四歲時發生的事，如果一直說到現在，那什麼時候才能說得完？而且，這種陳穀子爛芝麻的事，聽來有什麼味道？只怕會把人悶死！

兩個人都是一樣的心思，所以不約而同，一起張大了口，大大地打了一個呵欠。這樣的「暗示」，一般來說，都相當起作用，可是在史道福面前，一點也沒有用，史道福一面指着自己的腦袋，一面繼續道：「那天下午的事，我還記得，我剛把一個客人的皮鞋，送到一間大菜館子裏去回來。大菜館子裏食物的香味，令我一直嚥口水，嚥到了弄堂口的鞋子攤前。」

哈山和白老大苦笑，互相舉杯，喝了一口酒，心想沒有辦法，只好聽下去了。想想一個窮孩子，進入大菜館子（西餐廳），聞到了食物的香味而大是垂涎的情景，倒也相當動人，所以第二個呵欠，就沒有打出來。

史道福繼續道：「一到弄堂口，我就看到一個人，抱着一個『蠟燭包』，在和我叔叔說話，叔叔的樣子，像是十分為難，那人好高，我要抬高頭，才能看到他的臉，我只有齊他腰不到高，所以一走近他，就看到他腰上，別着一把雪亮的小刀，刀柄還掛着紅綢，神氣得很。」

史道福講到這裏，停了一停，向哈山和白老大兩人望了過來。

兩人在這裏，非但不打呵欠，而且聽出點味道來了。史道福所說的那個人，顯然是小刀會的人，那時正是小刀會在上海風雲際會的好日子，何以一個小刀會的人，會和一個嬰兒連在一起？

（哈山和白老大是上海人，自然一聽到「蠟燭包」，就知道是怎麼一回事，知道包中一定是一個嬰兒。）

他們正是為了追尋小刀會的資料而來，有了這種活生生的資料，自然求之不得。

所以，史道福一向他們望去，兩人就連忙做手勢，請他說下去，尤其是哈山，天生最喜歡聽稀奇古怪的故事，態度也就大是前倨後恭，連聲道：「請說，請說！」

史道福側着頭，畢竟年代久遠，他要搜索記憶，才能說得下去。

「那人把那『蠟燭包』向叔叔手裏送，叔叔卻不接，我看到包着的那個小囡，眼烏珠轉動，樣子十分可愛，就忍不住伸手去摸他的頭，那人卻順手把『蠟燭包』送到我手中！」

白老大「啊哼」一聲：「小刀會的人託孤，這倒有點意思。」

哈山一下子拍在白老大手背上：「你別打岔！」

史道福反背雙手，擺出了一個抱住了嬰兒的姿勢來，還左右搖了兩下。

（中國的武士拉弓射箭的時候，標準的姿勢是「一手如抱嬰兒，一手如托泰山」，可見抱嬰兒，是有一定的手勢的。）

史道福的神情，完全沉浸在這麼遠的回憶之中，他道：「那時天十分冷，弄堂口的風很大，那小囡的臉，凍得通紅，我忍不住用自己的臉，去貼了貼，小囡反倒笑了起來，我感到有趣極了！」

他說到這裏，忽然吸了一口氣：「當時我只顧逗小囡玩，沒有注意那人和叔叔說了些什麼，只是忽然覺得手中一緊，那人又把嬰兒抱了過去，抱了好一會，才交給了我叔叔，就大踏步走了開去。我叔叔抱着小孩，神情十分緊張，忽然道：『快收攤子，回去再說！』攤子我是收慣的，收了攤子，跟着叔叔回去，叔叔把小孩交給我抱着，我一路逗他玩。」

白老大聽到這裏，略為不耐煩：「請你說得簡單一點，不必太詳細了！」

史道福「嗯」了一聲，好一會不言語，哈山瞪了白老大一眼，怪他不該打斷了話頭，過了幾分鐘，史道福才道：「當時我年紀實在太小，不知道發生了什麼事，後來長大了，想想，知道那個人⋯⋯一定給了我叔叔不少好處，託我叔叔照顧這個嬰兒，因為不多久，我叔叔就忽然有錢買房子了，嗯，就是現在我住的這房子，歷史悠久，他的日子也好過起來，不再擺補鞋攤子，可是，他並沒有好好照顧那小囡。」

哈山可能是由於自己是孤兒出身的緣故，所以十分緊張嬰兒的遭遇，忙問：「你叔叔把那孩子怎麼樣了？」

要知道，那時人沒有現在文明，路上有個死嬰，決不會有人去過問，都當垃圾處理，若是他叔叔受了人家好處，又起了壞心，那嬰兒可危險之極。

史道福對哈山的問題，沒有直接回答，只是擺了擺手，示意他別急，然後才道：「那嬰孩在叔叔家三天，阿嬸不喜歡他，十分嫌他，反倒是我，覺得多一個小弟弟很有趣，有一天晚上，我聽到阿嬸和叔叔的對話，才知道阿嬸不喜歡那孩子的理由。」

史道福說到這裏，五官擠在一起，顯得他臉上的皺紋更多。任何老人當然都曾年輕過，有過童年，當他聽到他叔嬸對答時候，他就不過是一個四歲的孩子。

當時，他叔嬸的對話，對一個四歲的孩子來說，聽得懂的，自然只有三四成，可是由於這一番對話，在他腦中留下了很深刻的印象，一直在反覆琢磨，隨着漸漸長大，終於領悟了其中的意思。當他在那麼多年之後，向哈山和白老大說出來的時候，他自然是已經領悟了意思，懂得了當年他叔嬸的對話。

他先聽得嬸嬸説：「你真準備把這小赤佬養大？」

他阿嬸自然是在和他叔叔説話，他叔叔沉吟了一下才回答：「他留下的錢，養一百個小孩都夠，總不能……答應了人家不算！」

史道福的評語是：叔叔是老實人，可是阿嬸十分精明，唉，窮透了，精明全是窮出來的！

阿嬸立時道：「不行，第一，小刀會造反，捉住了是要殺頭的，你收留小刀會的小孩，不殺頭，只怕也要吃官司，坐監牢！」

叔叔咕噥了一句：「小刀會的錢你倒要！」

阿嬸的回答：「錢上沒有刻着名字！」

叔叔辯了一句：「這孩子的額頭上，也沒有刻着是誰的兒子，就當是你和我生的好了！」阿嬸叫了起來：「你要死快哉！你不看看，這小兒鼻頭高、眼睛大，皮膚的顏色像皮蛋，十足是個雜夾種，你同我生得出？」

史道福的阿嬸講這一番話的時候，自然是道地的上海話，「雜夾種」者，混血兒之謂也。

阿嬸這樣一說，叔叔也猶豫了起來：「看看倒真有點像，人家說，雜夾種愈大，愈是看得出來，唉，這……怎麼辦才好？」

阿嬸十分果斷：「摜脫伊。（扔了他。）」

史道福又有補充：「我聽到這裏，幾乎直跳了起來，活生生的一個人，怎麼說扔掉就扔掉？可是我很怕阿嬸，假裝睡着，一聲也不敢出。」

哈山聽到這裏，更是緊張：「後來怎麼了？」白老大呵呵笑：「哈山，你遇上說故事的老手了，他不會爽快說出來的，一定要吊着你的胃口。」

史道福大搖其頭：「不是吊胃口，事情總要來龍去脈說清楚了，聽的人才有味道，一部《紅樓夢》，也是這樣子囉囉嗦嗦說下來的，若要直截了當，說幾句話，就可以說完，還有什麼看頭？」

哈山高舉雙手，作投降狀：「好……好……由得你把來龍去脈說清楚。」

史道福嘆了一聲：「我叔叔當時也反對。」

他叔叔說：「讓我想一想。」

這一想，好久沒有聲音，史道福畢竟是小孩子，也就迷迷糊糊睡着了。

第二天，一早他就被嬸嬸叫醒，看到嬸嬸正在牀板上，用一條破棉胎把那小男孩包起來，那條棉胎的棉花，已硬得和石頭一樣，顏色發黑，上面的網絡，也破的破，斷的斷，包好之後，用一條草繩，紮了幾轉，這時，叔叔從外面進來，拿了一張報紙，報紙包着兩根油條，所以有一大半被油浸得成半透明。

叔叔把油條拿出來，遞了一條給史道福，自己咬着另一條，一面把報紙摺得很小，塞進了棉胎之中。

嬸嬸問「這是幹什麼？」

叔叔道：「這孩子，也不知是哪天生的，那男人說是他的父親，可是連姓名也沒有留下，父母都不知道，這張舊報紙上的日子，就算是他的生日吧。」

當史道福講到這裏的時候，白老大就發覺哈山的神情不對頭了——他面色蒼白，手不住地發抖，手中的半杯酒，不斷在灑出來。

他雙眼發直，望定了史道福，看來他想伸出另外一隻手來指向史道福，卻說什麼也抬不起手來。

白老大大吃一驚，忙喝道：「哈山，你怎麼了？」

他一面說，一面走過去，托住了哈山拿酒杯的手，把酒杯托向他的口邊，哈山大大喝了一口，可是有點力不從心，一口大麯酒，只有一半進了他的口，一半流了出來。

白老大更吃驚，忙把手按到他的頭頂上，用力搓着，一面道：「你要中風，也等聽完了故事再說……」

哈山直到這時，才緩過一口氣來：「我沒事，我沒事。」他撥開了白老大的手，又問：「那包油條的報紙，你記得是幾月……幾號的？」

史道福也看出了哈山的神態大是有異，可是他無論如何想不到是發生了什麼事，反是白老大，有了幾分感覺，他不由自主，「嗖」地吸了一口涼氣。這時，哈山伸手執住了他的手，手竟是冰涼的——在白老大的記憶之中，只有一次，哈山這樣緊握着他的手，手是冰涼的，那是他們都十一二歲的時候，和一個近二十歲的兇惡青年打架之前，那一次，他們兩人合力，把那個以為兩個小孩子好欺負的傢伙，打得頭破血流，鼻青目腫。

史道福點頭：「我那時認字不多，一二三四是認得的，那是十二月二十日。」

哈山的喉嚨發出了「咯」地一聲響，雙眼向上翻，看樣子要昏厥過去。白老大也不由自主，發出了一聲驚呼，伸手在他的太陽穴上，輕輕彈了一下，這一下急救手法，總算把哈山向上翻過去的眼珠，彈得落了下來，他望白老大，出氣多入氣少。白老大忙道：「哈山，鎮定一點，只怕是湊巧，只怕是湊巧。」

哈山氣若游絲：「湊巧？」

史道福大是奇怪，不知道哈山犯了什麼邪，睜大了眼，不知如何才好。白老大忙道：「你只管説。」一聽到「十二月二十日」，白老大就知道事情實在太匪夷所思，太奇妙難以形容，太湊巧無法理解了。

白老大和哈山從小認得，幾十年的交情，自然知道哈山的生日是十二月二十日，也知道他這個生日不是他真正的生日，是他在孤兒院門上的木箱子（專門用來放置棄嬰的，放了棄嬰之後，拉一根繩子，就有鈴會響，孤兒院中的人就會出來看，棄嬰的人，拉了繩子之後，要趕快跑開，不然給孤兒院中的人看到了，就不肯收棄嬰）中被發現後，在包紮他的舊棉胎中被發現的一張舊報紙上的日子。

那間孤兒院十分開明，盡可能保存着孤兒被發現時的東西，那張舊棉胎自然無法保存，那張舊報紙卻得存着，在哈山十歲那年，給他看過。報紙上的油漬還在，一看就知道是包過油條的。

哈山還曾對白老大狠狠地說過：「你知道我為什麼只吃大餅，不吃油條？就是因為我還不如油條，油條不會被人扔掉，我卻被人扔掉了。」

孤兒的心情，大都十分偏激悲憤，哈山自然也不能例外，所以史道福講着他家和小刀會的關係，講到了那個嬰兒被棄之前的詳細經過時，哈山愈聽愈是心驚——他畢竟年紀老了，未免難以負荷這樣的刺激！當年那個嬰兒，竟然就是他！如今的世界航運業鉅子哈山。

白老大也有天旋地轉的感覺，實在令人難以相信，久已湮沒了，至少八十年之前的事，以為再也沒有人知道了的事，竟然在閒談之中，一點一滴地顯露出來，這不是太奇妙了嗎？

白老大知道，自己口中在說「碰巧」，事實上不可能有那麼多「湊巧」之處。他竭力要哈山鎮定，然後才問：「那嬰兒，後來不是隨便扔掉，而是送到孤兒院去了，是不是？」

史道福神情訝異：「你怎麼知道？叔叔帶我去的，他在對馬路等我，我抱着小囡，放進孤兒院門口的木箱子，我還看了小囡的面孔一次，拉了繩子，就和叔叔一起飛奔了開去。」

哈山的聲音像是垂死的青衣：「那孤兒院在……什麼路上？」

史道福一揚眉：「梵皇渡路，隔壁是一座教堂。」

哈山的身子，像是篩糠一樣，那是再也假不了，白老大忙在他耳際道：「不必讓別人知道！」

哈山勉力點了點頭，又問：「那一天是——」

史道福道：「是十二月二十四號，外國人的節日，冷得要命。」

哈山還是受不了刺激，昏了過去。

白老大等了一分鐘才施救，因為他知道，這刺激對哈山來說，實在太大，立刻將他救醒，他還會再昏過去，對一個老人家來說，多昏一次，可能離閻王殿就多近一步！

史道福訝異莫名，連聲問：「怎麼了？怎麼了？他像是受了大刺激？」

白老大掩飾：「不知道為了什麼，他有這個毛病，你別多問他，一問，毛病更容易發作！」

史道福雖然疑惑，可是也不敢出聲。

一分鐘之後，哈山悠悠醒轉，大叫了一聲，手舞足蹈，如同鬼上身一樣，舞了一陣，才算是鎮定了下來，大口喝酒，又催：「快說下去！」

那天晚上，史道福又聽到了叔叔和嬸嬸的對話。

阿嬸道：「我們搬一搬，上海那麼大，搬了就沒人知道，有了錢，買房子、做生意，什麼不可以做？道福是我們的孩子，不論怎樣，總比養大那雜夾種好！」

（聽到了「雜夾種」，哈山發出了一下憤怒的悶哼聲。史道福曾形容過他小時候的樣子：高鼻、大眼、膚色黝黑，他確然如此，外形一看，就可以看得出他有中東人的血統。）

叔叔嘆了一聲：「要是他父親找到了我們，那可糟糕了，那人腰上的那把小刀，利得可以刮鬍子！」

阿嬸罵：「沒種！誰叫他在上海灘做這種事，自己太笨！」

叔叔不住唉聲嘆氣。

後來買了房子，又開了一間鞋舖，生活自然好了許多，可是叔叔似乎沒有以前開心，總是唉聲嘆氣，又喝酒，在史道福十八歲那年死了。

阿嬸又多活了幾年，臨死的時候，才對史道福說：「道福啊！做人，真是不能做虧心事。唉，你還記得你小時候，有幾天，我們家多了一個小囡？」

史道福十分記得：「是我把他送到孤兒院去的。」

阿嬸吩咐史道福打開一隻箱子，在箱子底下取出了一隻小包袱來：「這就是那孩子來的時候的衣物，不知道為什麼，他爺不要他……也不是不要，是把他留給你叔叔，那人說過要回來接孩子的，這些年來，我們一直提心吊膽，哪裏有好日子過？小刀會的人，紅眉毛綠眼睛，殺人不眨眼的啊！」

史道福雖然鄙夷阿嬸，可是人之將死，其言也善，史道福也很難過。

阿嬸又吩咐：「你……把這些保存好，那人要是來了，就給他，那孩子在孤兒院，要是他命硬，也會長大，好讓他們父子團聚。」

哈山聽到這裏，已是淚流滿面，史道福笑：「那是超過一甲子之前的事了。那些嬰兒衣物，我倒還保存着。」

哈山直跳了起來：「快拿來看。」

哈山的態度這樣子奇異，史道福就算是笨人，也看出點苗頭來了，他盯着哈山，好半晌，才拍着自己的額頭，像是在自言自語：「不會吧，不會吧。」

他一面說，一面望着哈山，現出疑惑之極的神情來，一面連連搖頭。他一定也想到，那個被他放進了孤兒院門口木箱子中的那個嬰兒，此際就在他的眼前。

但是那實在太不可思議了。他向兩個才認識的人，講起一件八十多年前的往事，可是聽眾之一，竟然就和那個故事有關。

史道福指哈山，想說些什麼，可是說不出來，他伸出來的手，也在發着抖。由於他張大了口，可以看到他已掉了一半的牙齒，白老大也難想像他當年還只是一個小孩子時所發生的事。三個老人誰也不出聲，因為事情巧得有點妖異，氣氛自然也十分古怪。

還是哈山最先打破沉默，他有點聲嘶力竭地叫：「你剛才說還保留了……衣飾……快拿出來看。」

史道福站了起來，有點站不穩，一伸手，按在張八仙桌上，又喘了幾口氣，仍然盯着哈山：「你……你就是那個嬰孩？」

哈山發出了一下類似呻吟的聲音來，白老大忙道：「很可能是。」

史道福像是着了魔一樣，神情也興奮之極，指着哈山的手指，抖得更厲害：「一定是，一定是。」

他由於激動，臉上的皺紋看來都擠到一起，聲音也變得怪裏怪氣：「我記得你的鼻子，那個小囡的鼻子就是你這樣又鈎又高，不像中國人，也不能太怪我叔叔阿嬸，要是你是中國人，他們不會把你送到孤兒院去。」

白老大聽得史道福這樣說，十分惱怒，兩道白眉一揚，用力一拍桌子，喝：「你想要什麼條件，只管說好了，哪有那麼多的囉嗦。」

白老大一發怒，十分凜然，史道福打了一個呃，神情十分委屈：「我……連家中上代做過這樣的事都對你們說了，你們……倒不肯對我說什麼，我已經這麼老了，還會開什麼條斧？」

（「開條斧」在上海話中是「敲竹槓」者，有所持而威脅要得到金錢上的利益的一種行為。」）

白老大想想自己剛才的話也是說得重了一些，所以悶哼一聲，沒有再繼續發脾氣，只是向哈山望去。

哈山嘆了一聲：「你說的那個嬰兒……我想是我，我是在那間孤兒院長大的，能判別我來歷的唯一證據，就是那張有油漬的報紙，日期是十二月二十日。」

史道福「啊啊」連聲：「真是，真是。這真是太巧了。」

哈山緩了緩氣，又道：「你叙述的往事，對我來說，重要之極，你能不能把每一個細節再仔細想一想，那個……把我託給了你叔叔的男人，他說是我的父親？」

史道福連連點頭：「我叔叔是那麼說，他給我叔叔的錢還不少，不但可以買房子，還可以開鞋舖，所以把你送到孤兒院去之後……做了這種虧心事，他們都十分不安，怕你父親找上門來，會對他們不利。」

哈山盯着史道福看，雖然一時之間，他沒有出聲，可是他想問什麼，實在再明白也沒有，他想問的是：「那個人，我的父親，後來來了沒有？」

可是就在這時，史道福轉過臉去，嚥了一口口水：「我就去拿那些東西給你，嘿，真是想不到，會……隔了那麼多年，還會物歸原主。」

他說着，轉身走了開去。他的屋子雖然舊，但是格局還在，他們談話之處，是客廳旁的一間房間，一般作為小客廳或是古董間，他走了出去之後，走過客廳，上了樓梯，木樓梯舊得格吱格吱直響。

史道福一走，哈山立時向白老大望來。白老大也立時明白了他的意思是在問：「這人說的事，是真的還是假的？」

白老大的回答是：「你的事，沒有人知道，他也不可能造出這樣的一故事出來。」

哈山的神情怪異之極：「那麼……我是中國人了？」

白老大道：「至少，令尊是中國人。對了，史道福再回來時，我們可以叫他盡量記憶令尊的樣子，照他的描述，畫出令尊當時的樣子來。」

哈山揮着手，顯然他的思緒，紊亂之極，不知道說什麼才好，他站了起來，團團亂轉：「我父親竟是一個小刀會的會員，他……為什麼把我託給別人呢？」

白老大的分析是：「說不定那時小刀會潰敗，兵荒馬亂，那鞋匠多半樣子還老實，所以先把你託給了他再說。」

哈山站着發怔，過了一會兒，才長嘆了一聲；「不論當年又發了什麼事，當然是俱往矣。」

白老大也嘆了一聲：「你在孤兒院中長大，才會有你過往的一生，要是被鞋匠養大，大不了和史道福一樣。」

哈山面肉抽搐了幾下：「我當然不會怪任何人，唉，要是在衣物上，能有多一點線索就好了。」

他說到這裏的時候，木樓梯上又傳來了格吱格吱的聲響，不一會，史道福又走了進來。他的手中拿着一隻包袱，解開來之後，攤在桌上，就是後來我和白素看到的那一些嬰兒用的衣物。

第五部

哈山的父母

白老大和哈山，翻來覆去地看，又希望能在夾層之中，發現什麼密藏着的秘密文件，可是什麼也沒有發現。

哈山捧着這些東西，神情激動之極，老淚縱橫，忽然大叫一聲，又昏了過去。

白老大再次將他救醒，堅持要他進醫院去休息，哈山卻說什麼也不肯。白老大指着那些衣服道：「先把這些派人送到我女兒那裏去，然後我先走，找地方詳細化驗，看看是不是會有什麼新發現。」

哈山一面同意，一面道：「就算查出點什麼來，也沒有用了，過去了那麼多年。」

白老大豪氣干雲：「能查出多少就查多少，一點一滴，也許可以把事情弄明白。」

史道福也十分有興趣，說起來，他有一個熟人恰好要回我住的地方，所以就託他先把那個包袱帶來。這就是那包袱先到我手中的緣故。

由於和那幾件嬰兒衣服有關的故事，實在太複雜了，不是三言兩語說得明白的，所以白老大索性什麼也不說，由得我們去亂猜。

而情形是，隨便怎麼亂猜，都猜不到那竟然會是哈山先生小時候的東西。

託人帶走了包袱之後，哈山的情形相當不妙，他情緒激動之極，身體又十分虛弱，連坐也坐不穩，只好半躺着，繼續要史道福說下去。

他本來就最喜歡聽別人講稀奇的故事，何況這故事和他有關，自然更是精神亢奮之極。

史道福喝了一口茶，才道：「就是因為找家裏和小刀會有這段淵源，後來我讀的又是近代史，就自然而然，專攻小刀會的歷史了。」

哈山終於問出了那個問題：「那個……我父親，後來又出現了沒有？」

史道福有點答非所問：「上海那麼大……叔叔阿嬸又搬得遠，從洋樹浦搬到了南市，當然不是那麼容易找得到，所謂人海茫茫啊。」

哈山閉上眼睛一會，白老大已找來了紙筆，他有多方面的才能，繪畫也有一手，他開始詳詳細細問史道福，那個小刀會成員的樣子，照着他所說的描繪。

在開始之前，他先說：「事情隔了那麼多年，當時你又小，記憶上可能有點模糊，你只管想當時的樣子，每一個細節，都不要錯過。」

當白老大說這番話的時候，史道福的精神，多少有點古怪，可是也不知道他為什麼會這樣。

於是，史道福就開始說，白老大就根據他所說的，在紙上畫着。那張紙相當大，白老大用來作畫的是鉛筆，在紙上，先出現了下一個上海弄堂口常可以見到的鞋匠的攤子，一個鞋匠昂頭向上看，那是史道福的叔叔。

史道福在一旁看了，不禁讚嘆：「真是多才多藝，簡直就像照片一樣。」

接着，又在鞋匠攤邊，出現了一個四五歲的小孩子，看來也十分傳神，面目依稀和如今老了的史道福，有那麼一點影子。

然後，史道福說，白老大畫，就到了那個關鍵人物了，那人的身形，相當高大，腰細膀寬，紮着一條腰帶，那柄小刀，就在他的腰際。

再接下來，史道福就着說他的臉部特徵——史道福的記憶力之強，出乎白老大和哈山的意料，連那人臉上的細微特徵，也記得十分清楚。當白老大開始要史道福說出當時的情形，他畫下來之前，哈山曾苦笑：「那有啥用場。」白老大想了一想：「當然，現在再也找不到認識令尊的人了，可是小刀會的資料之中，有不少圖片，甚至是照片留下來的——」

白老大講到這裏，哈山就叫了起來：「我不會在照片中去找他。」

哈山這樣說，也十分有道理，因為其時，攝影術絕不普遍，民間絕無僅有，只有洋人才有，所以留下來的不少照片，全是小刀會員被俘之後，被洋槍隊處決的場面，洋人拍了來留念的，其中尤以殺頭的場面為多。

雖然事隔多年，可是哈山若是知道了自己父親的一點線索，竟然在殺頭的照片之中，找出了自己的父親來，那滋味自然不會好到哪裏去。

白老大明白他的意思，揮了揮手：「小刀會員成千上萬，在資料上找得到的可能，百萬分之一也不到，你倒先着急起來了。」

哈山哭笑不得，也就沒有阻止白老大那麼做。

這時，史道福詳細說着當年那個手抱嬰兒的男人的特徵，白老大畫了又改，改了又畫，畫到史道福點頭為止，才把那人的輪廓畫出來，再加上五官。還未曾完成，哈山已經全身都發起抖來，白老大一停筆，只向哈山看了一眼，就明白了一點：哈山認識這個人。

白老大向我們敘述當時的情形，說到這裏，停了下來，望着我和白素。

白素一下子握緊了我的手，我失聲叫了起來：「不！不可能！」

白素柔聲道：「天下沒有不可的事。」

我苦笑：「這……怎麼全都湊到一塊去了？真的就有那麼巧？哈山認識的小刀會員，只有一個。」

白老大吸了一口氣：「就是這一個。」

他一面說，一面取出了一疊折起的紙來，一層一層打開，於是，我們看到了鉛筆繪出的鞋攤、鞋匠、小孩、那個嬰兒和那個男人。

白老大的繪畫造詣竟是如此之高，以至任何人都一眼就可以看出，那個男人，正是劉根生：就是哈山在海中撈起那個容器之後，從容器中走出來的那個上海人，那個小刀會的頭目！那個教會了哈山使用若干按鈕的人，那個叫哈山碰也不能碰其他按掣的人，那個後來又出現，大賊狼狗，和我又打過交道，甚至到了那座工廠，取走了那容器的動力裝置的那個劉根生。

這個劉根生，在上一個題為《錯手》的故事之中，是一個關鍵性的人物，現在，在這一開始，哈山和白老大就到上海去，想找一點和他有關的資料的故事之中，他又無可避免地成為關鍵人物。

就是這個劉根生。

在和所有人討論那個容器之際，都一致認為不把劉根生找出來，不能真正解決問題，在這時候，如果竟然有誰想得到劉根生會是哈山的父親，我願意輸任何賭！而如果這時我把這種情形説給溫寶裕他們聽，別人怎麼反應我不知道，溫寶裕一定會用力把頭往牆上一撞，而不知疼痛。

哈山回上海去，竟然會有那麼突兀的發展。

如今，更非把劉根生找出來不可了。

我雖然沒有把頭往牆上撞，可是那種驚愕的神情，也就叫人看了感到我可能會發神經病。

白老大也望着我們——就是這樣望着全身發抖的哈山的。他想到了哈山認識這個人，可是還未曾想到那人是劉根生，因為當日在工廠中，劉根生一到就取走了動力裝置，白老大才從「休息狀態」中醒過來，根本沒有注意劉根生其人。

他一看到哈山這副腔調，就大聲提醒他：「你一天昏過去兩次就夠了，再來一次，只怕就這樣玩完了。」

哈山指着他畫出來的人，上下兩排牙齒相叩，「得得」有聲，說不出話來。

白老大忙道：「你認識他？」

哈山只有點頭的份兒，白老大在這時，才想到了他認識的唯一一個小刀會會員是劉根生，所以又追問：「就是那個從容器中走出來的上海人？」

哈山終算哇地一聲，叫了出來，但是仍然不能說話，只是連連點頭。

白老大也呆住了，他想說一兩句話，把氣氛沖淡一點，例如「原來你們父子早就見過面」之類，可是一生經歷何等多姿多采，什麼樣的大風大浪沒有見過的白老大，這時也有點受不了刺激而說不出話來。

在一旁的史道福看到了這種情形，更是駭然之極，連聲問：「有什麼不對？有什麼不對？」

白老大和哈山仍然處在極端的震驚之中，根本無法回答他的問題，而且就算想回答，也無從回答，事情那麼複雜，怎麼向史道福解釋哈山不久之前見過這個人？這個人到現在，也還只不過三十來歲。

過了好一會，白老大才鎮定下來，同時，他也感覺事情有點不對勁，他指着他畫出來的劉根生，用十分嚴厲的目光盯着史道福：「你四歲時見過他一次，現在還能把他的樣子，記得那麼清楚？」

史道福面色一變，道：「這……這……那次，我印象十分深刻——」

白老大不等他說完，就伸手在他的肩頭上，重重拍了一下：「別再隱瞞了，你後來，又見過這個人。」

白老大不問史道福是不是又見過這個人，而肯定地說他又見過這個人，這種心理攻勢，十分厲害，史道福整個人震動了一下，垂下頭去，一張滿是皺紋的老臉，居然紅了起來。

哈山一聽，更是激動，他大聲叫：「快說！快說你後來見到他的情形。」

哈山在這樣叫的時候，樣子十分可怕，史道福向他看了一眼，身子居然縮了一縮，他忙不迭道：「我說……我說，那……是我叔叔死了之後不久，我在鞋店裏，忽然一抬頭，就看到他走了過來。」

那年，史道福十九歲，四歲的時候，見過這樣的一個人，記憶自然不是那麼模糊，他一看到那人，便呆住了。

那個人和他小時候看到的一模一樣，一點也沒有老過，甚至連打扮都差不多，只是腰際沒有掛着小刀。那人一進來，看樣子不是想買鞋，樣子疲倦之極，只問了一句：「請問是不是認識曾在元里弄口擺皮鞋攤的那個皮匠？」

史道福一聽，就心頭狂跳，知道那個人一定是找不到他叔叔，可能把全上海的皮匠攤和皮鞋店全都找遍了。史道福那時，只想到自己的叔叔已死了，那人再也找不到他，不會有事的。他的樣子古怪，那人瞪向他，他也瞪着那人，兩人互相瞪了片刻，史道福什麼也沒有說，那人也沒有認出長大了的史道福來。他臨走的時候，留下了一句話：「如果有人認識那個鞋匠，把他找出來，我有重賞，我住在三馬路的興福旅店，我叫劉根生。」

史道福答應了幾聲，那人就走了。

史道福送走了那人，立刻到店鋪後面，把經過告訴他阿嬸，還問：「是不是要告訴他……我們把孩子送到孤兒院？」

從史道福的口中，道出了「劉根生」這個名字來，哈山和白老大，又不由自主，發出了一下聽來十分古怪的聲音，面色煞白。

史道福的阿嬸一聽，嚇得站不穩，雙手亂搖：「你發神經……說給他聽，他鐵定一把火燒掉房子，把你我兩人燒死在裏面。」

史道福當時倒還明理：「要不，秘密去通知他，孩子送到孤兒院去了，他找到孤兒院去，要是能令他父子團聚，也是一件積陰德的好事。」哈山聽到這裏，罵了一句極難聽的上海話：「你結果當然沒有去。」

史道福被哈山的那句話罵得臉色鐵青，吭聲道：「我去了，我寫了一封信，信上寫某年某月某日，嬰兒被送到孤兒院，我估計他至少曾見過上海幾千個皮鞋匠，也不會知道是誰告訴他的，我拿着信，送到三馬路……他說的那家旅店——」

史道福拿着信，本來準備一進門把信交給櫃台，轉給劉根生的，可是他為人精細，一想不對，劉根生要是向櫃台去問送信人的樣子，也還是可以把他找出來的，所以他伸手招來了一個小癟三，給了他兩角洋鈿，叫小癟三送信進去，並且告訴小癟三，送了信之後，三天之內，非但不要再在三馬路出現，連大馬路、二馬路、四馬路也別逗留。

小癟三一口答應，信送了進去，史道福躲在對馬路，小癟三出來不久，他正準備離去，就看到一輛馬車，來到旅店門口，車子停下，走出了一男一女兩個人來，那男的正是劉根生，那女的卻着洋服，看來不像是中國人，史道福一時好奇，就站住了看。

劉根生的神情，仍然十分疲倦，那洋女人不像白種人，一頭頭髮，棕色而又捲曲，極可能就是他的母親。

哈山閉上眼睛一會，搖了搖頭：「那年你十九歲？我應該是十五歲，雖然已經離開了孤兒院，但是他們看到了你那封信，到孤兒院去一找，很容易就可以將我找出來的，他們為什麼不來找我？」

史道福搖頭：「我不知道。」

哈山：「你吹牛！你根本沒有寫那封信。」

史道福又發了急：「我要是亂話三千，叫我絕子絕孫，不得好死。」

白老大嘆了一聲：「你說下去。」

史道福仍然怒視了哈山一眼：「我看着他們進了旅店，想他們一定會看到我的信，就沒有我的事情了，所以就回去了。」

哈山冷冷地道：「就這樣少？」

史道福也怒：「你還想怎麼樣？你在我這裏，得了那麼多消息，還想怎麼樣？」

哈山想想也是，就沒再說什麼，只是喃喃地道：「他們為什麼不到孤兒院來找我？他們為什麼不到孤兒院來找我？」

一個從小就是孤兒的人，心裏上必然十分渴望得到父母的愛，兒童時代如此，少年時期和青年時也一樣，甚至到了老年，這種心態，仍然不會改變，而且更加濃烈——多少年來的盼望，一旦成為事實，心情的激動可想而知。哈山兩度昏厥，固然由於他年紀老，可是心情實在太激動，也是原因之一。

而當他這時，知道他的父母，當年應該可以到孤兒院去找他，卻沒有採取行動之際，他更有加倍的被遺棄的傷心，連問了兩三遍之後，竟然抽噎起來。

白老大在一旁看了，心中又是難過，又是生氣，大聲道：「好了，哭什麼？他們為什麼不來找你，你可以去問他，你老爹又沒有死，你哭什麼？」

白老大在氣頭上的一句話，倒提醒了哈山，劉根生沒有死，非但沒有死，而且看起來，像是三十來歲的人一樣——這種情形，怪異之極，當時由於一下子湧出來的怪事，實在太多，哈山和白老人兩人，都有頭昏腦脹的感覺，也無法進一層去分析這種怪現象何以會發生，只是覺得怪得不可言喻而已。

自然，那時他們不知道我、白素、溫寶裕和胡説，已經分析了那個容器的功能之一，是可以使人的生命形式變成「分段式」——生活一年，「休息」十年，過了十一年、等於一年。這種分段生活式的生命形式，自然可以使早已超過一百歲的劉根生，看來只有三十來歲。

當時，哈山和白老大都沒有想到這一點，雖然事情怪異之至，但哈山一想到自己的父親沒有死，而且曾和自己相處過，只不過當時隨便怎麼想，也想不到自己和對方，竟然是父子關係而已。

多少年來，連做夢也在想的父子重圓，以為根本沒有希望了的事，忽然大有可能實現，如何不喜。

再加上他一直最喜歡聽種種怪異莫名、曲折離奇的故事，如今忽然之間，他自己成了這樣一個故事的主角，而且其怪異之處，只怕比他一輩子聽過的怪事更甚，那自然也令得他樂不可支。

所以，白老大的話才一住口，他就破涕為笑，連連道：「真是，真是，哭什麼？那是大喜事，那是大喜事啊！」

他一面說，一面又望着白老大傻笑。

白老大後來對我們笑着說：「人真是貪心！你們猜當時哈山望着我，對我說什麼？」

我們都一起搖頭，表示不知道。

哈山當時，望白老大，道：「我爹還在，不知道我娘……還在不在？」

白老大當時，一口氣噎了上來，沒有能立時回答，在一旁的史道福，在一聽到白老大說哈山的父親還在的時候，就驚訝得說不出話來，直到這時，才緩過一口氣，尖聲道：「老太爺還在人世？他……該有多大年紀？」

哈山呵呵大笑，白老大忙向他使了一個眼色，怕他得意忘形，把真相說出來。哈山喉間發出了一下怪聲，看來是把要說出口的一句話，硬生生吞了下去，他用力拍着史道福的肩頭，由衷地道：「我們父子兩人，要是可以重聚，你功不可沒。」

他這樣說了之後，忽然又傷感起來：「當年他們知道我被送到孤兒院了，為什麼不來找我？」

他這樣說的時候，望着白老大，想白老大解答他的這個疑問。

白老大雖然神通廣大，可是這時也不禁搔着頭，皺着眉，答不上來，過了一會，他只好道：「我說不上來，只好求教令尊了。」

他講到這裏，不禁更是眉心打結。

白老大不開心，有兩個原因，其一，是他無法回答哈山的問題——這個問題，在當時看來，確然十分神秘，難以有答案，可是後來弄清楚了，又簡單之極，像「一」字一樣簡單，那是後話。

二來，他不開心的是，他是一個江湖人物，對於人物的輩分，十分重視，他和哈山兄弟論交數十年，哈山的父親，當然是他的「爺叔」輩。可是這二十年來，白老大在江湖上德高望重，唯我獨尊已慣，忽然又冒出了一個爺叔輩的人物來，要是一個百歲以上的老人，倒也罷了，偏偏卻是一個精壯的中年人，這見面時的稱呼，卻如何可以叫得出口。

雖然這時，能不能找到劉根生，一點把握也沒有，但人總會在一些時候，想到一些全然無關的問題，卻又為之緊張一番的。

白老大當時沒有把自己的心事講出來，只是似笑非笑地望着哈山：「你們父子團圓時，你有一句話，一生之中從來沒有說過的，有機會說了。」

哈山自然知道，自己一生之中沒有說過的話，就是沒有叫過人爹娘。哈山也知道白老大這樣說的用意，他也不禁笑了起來：「爹倒也罷了，要是我娘的情形也和他一樣，這一聲娘，倒真的不易叫出口。」

他的意思是，如果他的母親，也和劉根生一樣，看來只是三十歲左右的話，情形就尷尬了。

這意思，史道福自然絕不明白，所以他道：「那有什麼叫不出的，二十四孝之中，老萊子七十還彩衣娛親哩。」

哈山和白老大都笑，哈山忽然向白老大和史道福拱手：「拜託拜託，你們兩人一個說，一個畫，再把我娘的樣子畫出來看看。」

白老大笑罵：「你怎麼啦，那女人準是你的媽？」

史道福一揮手：「我看是！」他指着哈山：「他小時候，眼睛大鼻頭高，看來不像中國人，那次我看到在馬車上走下來的那個女人，就覺得嬰兒的輪廓十分像她。」

史道福開始詳細描述那女人的樣子，白老大才畫到了一半，和哈山兩人，都已傻住了說不出話來。反倒是史道福，看看畫出來的女人，再看看哈山，只是一個勁搖頭，覺得不是很像。史道福覺得不像，是因為史道福看到的哈山，已經超過了八十歲，任何人一到了這個年紀，樣子自然和以前有了極大的差別。

白老大和哈山自己，當然知道哈山少年的時候什麼樣，青年的時候什麼樣，那個畫出來的女人和哈山年輕時，簡直一模一樣。

哈山對着白老大完成的畫像，張大了口，喉內發出一種奇異的聲響，像是一個「娘」字，鯁在喉嚨口，吐不出來一樣。

這種情景，發生在一個老人的身上，看來也格外令人感動。尤其，史道福見到那女人的時候，那女人的神情十分焦急，白老大把這種神情也表現了出來，那女人看來十分美麗，所以她那種焦急的神情，也格外動人。

白老大吁了一口氣：「看來，他們兩人，都為了什麼事，十分焦急——很可能是由於找不到兒子。」

史道福忙道：「天地良心，我在那封信中，寫得再明白也沒有，他們為什麼不找到孤兒院去？」

白老大和哈山自然回答不出這個問題來。哈山長嘆了一聲：「這些年來，我當孤兒，自然痛苦，他們失去了孩子，自然一樣痛苦。」

白老大望着他，想說幾句「現在好了，總算苦盡甘來」之類的話，可是事情之中，又有那麼多的怪異，他想想也說不出口。

哈山的精神狀態十分不穩定，白老大急於和我們相見，邀他一起先離開上海再說，可是哈山無論如何不肯，他堅持說：「他從那容器一出來，就急急離去，我相信他一定到上海來。他在上海，我要留在上海。」

白老大提醒他：「上海有一千多萬人口。」

哈山笑：「我有辦法把他找出來，只要他在上海，我就有辦法把他找出來。」

白老大知道哈山當然有辦法找到劉根生出來，只要劉根生在上海的話。

白老大也注意到了，哈山在談話之中，稱劉根生為「他」，當然是改不過口來之故，等到他們見了面，事情怕會自然得多。

於是白老大也不再堅持，只是對他道：「你自己身體要多保重！」

就這樣，白老大和哈山分手，白老大來找我們，把他和哈山所發現的告訴我們，而我們也把我們的分析和毛斯發現了另一個容器的事，告訴了白老大。

白老大呆了半晌，才道：「真是神了，我忽然想到，你們猜，我想到的是什麼？那另一個容器打開，走出來的是——」

我和白素齊聲道：「哈山的母親。」

然後，我們三人，以不可思議的神情互望着，想笑，又笑不出來，可是實在又十分想笑。

這時，我們當然也已看過白老大所畫的那個女人的畫像，也曾有過一番小小的討論。

我的意見是：這女人看來像是中東一帶的人，那也正是哈山在生理上的特徵。

然後，新的謎團又產生了，將近一百年之前，一個小刀會的頭目，是在什麼樣的情形和機緣之下，認識一個中東美女的？

我和白素，都是想像力十分豐富的人，可是也百思不得其解。

想像力更天馬行空的溫寶裕的「高見」是：「聽過水手辛巴德的故事？天方夜譚！小刀會長期在海上活動，劉根生一定有相當多的航海經驗，那女人，哈山的老娘親，多半是他在航海到阿拉伯時……遇到的……」

溫寶裕發表他的偉論時，哈山也在場，所以他措詞相當客氣，後來他又偷偷對我說：「那時，阿拉伯是有女奴販賣的，哈山的母親，會不會是他父親買來的女奴？」

我本來想斥責他的，可是也感嘆於他想像力之浩瀚如海，所以只是長嘆了一聲算數。

當時，我們和白老大作了種種分析，第二天，所有的通訊社就都從上海發出了電訊：「世界航運業鉅子哈山，突然秘密造訪中國。在上海出現，受到熱烈歡迎。」

白老大一看到這個消息，就伸手在桌子上重重拍了一下：「好傢伙，準備大幹了；這一來，他通過官方要找劉根生，自然十分容易。」

講了之後，他又想了想：「不過，我倒不方便去和他在一起了，我脾氣不好，對官府的酬酢，尤其討厭——他要是打電話來找我，就回答他我不知道到哪裏去了。」

白老大料事如神，在他講了這句話之後，不到一小時，哈山的電話就來了，由我接聽，我照白老大的話回答了他，他和白老大幾十年的交情，自然知道怎麼一回事，他有點生氣：「他不能怪我結交官府，我實在心急想把……他找出來。」

我忙道：「自然，誰也不會怪你，恭喜你身世大白。」

哈山有點啼笑皆非：「恭喜個屁！我想破了頭，也想不到我父親怎麼會勾搭上一個中東女子的？」

我不禁呵呵大笑：「關於這一點，我們也想不出來，但是令尊一定肯告訴你的。」

在我和他通電話的時候，白素寫了一個字條問我：「是不是告訴他發現了另一個容器的事？」我搖了搖頭，表示暫時以不說為好，因為我和毛斯他們，還要到黃海口去潛水，這時如果告訴了他，他一高興，漏了口氣，可不是怎麼好。哈山在電話中又道：「那些小孩子的衣服，請去幫我化驗一下。」

我自然答應，可是也表示我的意見：「已肯定是你嬰兒時期的用品，只怕也化驗不出什麼名堂來。」

哈山嘆了一聲：「我也知道。唉，多少年都這樣過去了，忽然知道了自己的身世，真是心亂如麻。」

我同情他：「你的情況最特別，因為令尊實際年齡雖然超過了一百歲，可是看起來只有三十來歲，對這種情形，我們有一個假設——」

哈山大是興奮：「什麼假設？怎麼會有那麼怪異的情形？快告訴我。」

我就把「分段間歇」的生命方式，告訴了他。哈山呆了好一會，才道：

「也只有這個辦法了。」

他又說了一些在上海的情形，說官方已在幫他尋找劉根生，他也在報上登了廣告，除非劉根生不在上海，不然一定會露面的。

（哈山登的廣告，十分奪目：八十五年之前，將嬰兒交付給上海楊樹浦來元里弄堂口一個鞋匠的劉根生先生，請迅速和本人聯絡，本人就是那個嬰兒，如今經營航運業，頗有成就。）

（這個廣告登出之後，據哈山說，至少有七個八十以上的老人，由年輕力壯的人扶了來，自認就是當年託嬰的那個人。）

（哈山在講述這段經過的時候，足足用上海粗話罵了十七八遍，罵那些人的卑鄙。）

當時，我們也心急等劉根生出現，因為他是關鍵人物，他不出現，什麼問題也不能解決。

可是等了三天，每天哈山都有電話來，劉根生卻並沒有出現。

哈山的語調愈來愈焦急，並且頻頻責怪他自己，如何在劉根生從容器中出來的時候，竟然會和他失諸交臂，沒有來個父子相認。

我聽了之後，實在想笑，但是又怕他生氣，只好道：「哈山先生，那時，要是有什麼人指着劉根生，説他是你的父親，只怕你非和他決鬥不可。」

哈山聽了，也只好苦笑。

而另一面，住在賓館中的毛斯，也日日來催，都給我推了回去。

到第四天傍晚時分，忽然有電話來：「衛斯理先生？我姓雲，雲五風。戈壁沙漠叫我來找你的。」

我「啊」地一聲：「久仰久仰，要借用一下你們的天下第一奇船。」。

雲五風的聲音聽來十分文雅：「豈敢，船泊在七號碼頭，有兩個船員在，嗯，不論衛先生要船來作什麼用途，我們都是可信任的人。」

我忙道：「謝謝你，我們是不是——」

雲五風的聲音聽來仍然柔和：「啊，我人在丹麥，一時走不開，下次有機會，一定向衛先生請教。」

我自然客氣了幾句，就結束了通話。我放下電話之後，想了一想，自從白素和木蘭花在聯絡了之後，不論有什麼事找他們幫忙，都幾乎是一口答應。可是，木蘭花姐妹也好，雲氏兄弟也好，都不露面，十分神秘。

在法國那個工廠那麼多天，我曾想過，雲四風應該會到工廠來一下，可是工廠方面，一點也沒有這樣的表示，雲五風也沒有出現。

他們曾在世界各地十分活躍，可是近幾年來，近乎銷聲匿迹，是不是真有驚天動地的大事在做？不然何以如此神秘？木蘭花曾和白素聯絡過，是不是知道他們在做的是什麼事？

我又想起，連白素也有點神神秘秘地不肯多說，不免心中有氣。

不過，「兄弟姐妹號」已經來了，我似乎也不應該再等下去了。

當晚，白老大、白素和我，還有每天來打聽消息的溫寶裕，都聚在一起，我一提起「兄弟姐妹號」，溫寶裕首先起哄：「去見識一下那天下第一奇船。」

白素笑道：「小寶，那船的性能，表面上是看不出來的，要用的時候才發揮。不過，去見識一下也是好的。」

白素竟然這樣有興致，我立時想到，一定和她曾和木蘭花見過面有關，所以我立時狠狠瞪了她一眼，可是，她裝着看不見，轉過了頭去。

溫寶裕自然叫好，那次胡說沒去，四個人到了碼頭，碼頭上泊着不少遊艇，說起來沒人相信，我們竟未能一眼就認出「兄弟姐妹號」來，因為它的外形，看來普通之極。

溫寶裕在碼頭上東張西望，指指點點間，忽然有一個水手模樣的人走過來，十分有禮貌地問：「衛先生，衛夫人，白老爺子？」

我們答應着，看這個人，雖然作水手打扮，可是英氣內斂，顯然不是普通人物，雲五風曾說過他留下了兩個船員，都是絕對可信任的人物，我也不敢輕視他們，忙道：「雲先生說船已到了？」

那人向海面上指了一指：「就泊在那邊，隨時可以用，我叫陳落，還有一個伙伴叫李平，衛先生請先上船。」

我點了點頭，看到他向海面打了一個手勢，這才看到了外觀並不起眼的「兄弟姐妹號」，這時，正有一艘快艇，自船邊駛向碼頭。

溫寶裕也走了過來，那個自稱陳落的船員，似乎認識每一個人，看到了溫寶裕就笑：「溫先生也一起出海？」

我忙道：「我要船，另外有用途，上了船再詳細說。」

快艇一會兒就駛近了碼頭，駕駛快艇來的那個，自然是李平，他看來年輕得多，至多二十出頭，見了我們，也一一招呼。

我深明「強將手下無弱兵」的道理，心想這次出去遠征，這兩個人一定可以成為我的好幫手。所以，在簡單地參觀了一下整艘船之後，我就把要這艘船的目的，向陳、李兩人，說了一遍。

兩人之中，看來是李平年輕，比較喜歡說話，他道：「沒有問題，可以整艘船潛下水去，在海底潛航，到出了公海再升上水面。」

溫寶裕聽得鼓掌：「當真是神不知鬼不覺。」我瞪了他一眼，他才沒有繼續說下去，又搓手，又頓足，很懊惱他不能和我一起去潛水。

當晚回去，我就和毛斯聯絡，要他明天一早，和大半小半一起在碼頭會合。

哈山又打了電話來，聲音沮喪之極：「上海的官員說，這樣子找法，別說一個人，就算一隻蒼蠅，也應該找出來了，他一定不在上海。」我安慰他：「放心，不在上海，可以在全中國的範圍找，不在中國，可以在全世界的範圍找。」

我這樣安慰哈山，應該是再恰當也沒有的了，溫寶裕在一旁卻多口說了一句：「要是不在全世界呢？到整個太陽系去找？不在整個太陽系，到——」

我不等他再講下去，一伸手，就捏住他的臉頰，不讓他再講下去。

溫寶裕眼珠亂轉，等到我放下了電話，也鬆開了手時，他才大是委屈地道：「哈山自己就曾化為億萬分子，不知道到什麼地方去過，劉根生大有可能不在地球上。」

我笑了一下：「我並不是不同意你的話，只是何必讓一個八十多歲的老人失望。」

白老大在一旁，也嘆了一聲：「若是一直找不到劉根生，哈山只怕比根本不知道自己的身世更難過。」

我不是很相信會找不到劉根生，因為這個人，曾實實在在，在我們面前出現過，他又無法再去利用那容器，怎麼會找不到他？

溫寶裕當晚逗留到相當晚，看來很想我出言邀他一起去潛水，我則呵欠連連，根本不去睬他，他才知道沒有希望，黯然而去。

第六部

尋到海底容器

第二天一早，我到碼頭時，毛斯他們已經到了，還攜帶了大批的潛水工具。我記得毛斯的叔叔曾向我説過，一個好的潛水人，永遠只相信自己的潛水用具，那樣才可以把在海中出差錯的可能減到最低，而在海中，是什麼樣意料不到的差錯，都有可能發生的。

我和他們見面之後，先用最簡單的方式，向他們介紹了「兄弟姐妹號」的情形，他們三人聽得目瞪口呆。我叮囑他們：「這艘船，完全是憑我個人關係借來的，希望你們不要多問什麼，還有，船上的兩位船員，我估計也不是等閒人物，別得罪他們。」

毛斯連聲道：「怎麼會？怎麼會？能有這樣的幫助，真是太好了。」

説話之間，陳落已駕着快艇來到，載着我們上了「兄弟姐妹號」。

然後，李平過來問目的地在什麼地方，我望向毛斯，毛斯猶豫了一下，才道：「在長江口，詳細正確的位置是這裏。」

他説着，打開了一隻文件夾，揭開了一疊海圖，指着其中的一處。

我也看着，看到他指的所在，正是我那日提到的兩個礁石的中間，難怪當日我一提起來的時候，他就驚訝得直跳了起來。

這時，毛斯也抬頭向我望了一眼：「衛先生，你估計得一點也不錯。」

我淡然一笑：「如果是一場海上伏擊戰的話，這是一個理想的所在，猜到這一點，並沒有什麼了不起。」

陳落和李平看了海圖一會，互望了一眼，陳落道：「我們先啟航，到了晚上，這船可以在海面上起飛，那就節省時間。」

當我向毛斯和大半小半講到我借來的船，可以在水面上起飛，達到普通噴射機的速度時，他們三個人顯然都有不信的怪異之色。

這時，船雖然還沒有飛起來，可是他們連連點頭，不再表示不信了。

毛斯在猶豫了一下之後，把海圖留在駕駛室，陳落顯然看出了他不放心的神情，所以冷冷地道：「你可以收回去，我航海久了，任何海圖，經過我一分鐘的注視，就再不會忘記。」毛斯有點尷尬，訕訕地道：「哪裏！哪裏！我沒有什麼不放心的。」

李平已駕着船向外駛去，出了海不久，船的速度就相當高，乘風破浪，我留在甲板上，喝着酒，十分舒適，趁空又把事情從頭至尾，想了一遍，只覺得事情之離奇，當真是到了極點。世上能把整個事情的真相，作徹底的揭露的，也只有那個「百歲人魔」劉根生一個人了。

劉根生在什麼地方呢？他應該在上海的，可是哈山又找不到他。

等到天色漸漸黑下來時，極目都看不見陸地了，李平走過來，先在我身邊站了一會，在昏暗的光線下，他年輕的臉，看來十分英俊，他像是下定了決心地問：「衛先生，或者我不該問，可是我聽說你和許多怪事有關，這次我們要進行的，也是怪事？」

我脫口道：「非但是怪事，而且怪之極矣。」

李平一副想知道的樣子，我想了一想，要把整件事告訴他，實在太複雜了，所以只揀有關那容器的部分，向他敘述了一下，告訴他那怪容器的作用，又告訴他，在海底，又發現了相同的一個，我們這次去，就是要去把那另一個同樣的容器撈上來。

單是這一段話，已經把李平聽得不斷嘆息、搓手，神情興奮之極，連聲道：「能夠和衛先生一起參加這樣的怪事，真是太好了。」

我笑：「你能夠在這艘船上工作，怪事當然也遇得不少了。」

李平還沒有說話，我忽然聽得身後響起了毛斯的聲音，他顯得極不愉快：「衛先生，原來你早就知道那大箱子是什麼東西。」

在我和李平開始敘述不久，我就聽到身後有腳步聲傳來，也知道必然是毛斯他們，我想，那容器究竟是什麼東西，遲早是要告訴他的，不如讓他一併聽，不必再多說一遍了。

毛斯的性格一定十分深沉，他竟然一直等我說完，才提出抗議來。

我回頭向他看了一眼，看到他一臉不滿之色：「你為什麼早不說？」

我笑了一下：「早說，遲說，我認為沒有什麼不同，這容器能給你帶來巨大的利益，可是你如果擁有它，卻一點用處也沒有。」

毛斯踏前一步：「你怎麼能這樣說？這是我發現的，正確的地點，只有我一個人知道。」

我站了起來，在他的肩頭上拍了一下：「你放心，我知道，真正的地點，你還保留着，還沒有說出來。我問你，當你發現那些沉船的時候，你一定想到，自己會發一筆橫財，是不是？」

毛斯悶哼一聲：「人人都會那樣想。」

我笑：「你夢想的橫財是多少？」

毛斯略呆了一呆，脫口道：「一千萬。」

他說了之後，看到我一點沒有吃驚的神情，又十分狡猾地補充：「當然我是指美金。」

我哈哈大笑：「毛斯先生，你指美金？我和你有不同的意見。」

他一聽，立時漲紅了臉，我伸手指着他的鼻尖：「我的意思是英鎊。」

他一聽，張大了口，合不攏來，喉間發出「格格」的聲響，模樣怪到了極點，我向他約略解釋：「這個怪容器，和一個大豪富的身世有關，這個大豪富，就是哈山先生，我當然拿不出一千萬英磅來，可是對哈山先生來說，那不算什麼。」

毛斯聽得亂吞口水，可是人的貪念毫無止境，他忽然又啞着聲道：「或許，那容器中的東西，不只值一千萬英鎊，那……我不是吃虧了。」

我冷冷地把我們打開第一個容器的經過情形告訴他，然後道：「你可以試着保存那容器，我甚至不會要求我該得的那一份。」

毛斯神色不定，顯然不知該怎麼辦才好，我自始就對毛斯沒有多大的好感，這晚更到了有厭惡感的地步，所以不再去睬他，問李平：「我們可以起飛了？」

李平笑：「隨時可以，請到起飛艙去。」

我跟李平走開去，毛斯也急急跟了上來，不一會，大半和小半也來了，起飛艙中有二十多個座位，坐下之後，有一道箍，把人固定在座位上，顯然是防止起飛時的震盪的，可是事實上，起飛時，十分平穩，比普通的噴射機更穩，陳落的聲音在起飛之後傳來：「可以鬆開安全扣了，但是在飛行途中，最好留在座位上，我們估計飛行的時間是兩小時半——我們會早一點降落，維持海面航行到適當的距離，再潛入海中，在海中，各位可以通過管道，進行潛水。」

我答應着，斜眼望了毛斯一眼，故意大聲道：「有了一千萬英鎊，你們三個人怎樣分？」

毛斯還沒有反應，大半和小半在一呆之後，已怪叫了起來：「一千萬英鎊？哪裏來的？」

我向毛斯指了一指，大半小半一疊聲追問，他就把情形說了一遍，這兩兄弟大聲歡呼，可是毛斯的神情，還是十分難看。

我望着他：「如果你不同意，只管提出來。」

毛斯大聲道：「我不同意。」

我早就知道他會這樣的回答，所以一點也不奇怪，大半小半卻嚇得冒汗：「你不同意？那……你想要多少？想……怎麼樣？」

毛斯的神情更是陰森：「我現在還不知道，這……東西是我發現的，我有最大的處置權。」

我雙手一攤：「隨便你，我答應了和你一起去把那容器打撈出來，一定實行我的諾言。」

毛斯用不相信的神情望着我，我向他作了一個手勢：「不過你要注意一點！當你發覺你得了那大箱子，一點用處也沒有，再來求我的時候，它的價值，就只有萬分之一，一千英鎊！」

毛斯轉過頭去，我已有了對付他的辦法，而且，為了懲戒他的貪心，我已確然打算對付他。毛斯自然也聽出了我語氣的堅決，他仍然不出聲，我冷笑：「你可以慢慢考慮，直到容器搬上船為止。」

毛斯仍然不出聲，我也不再和他討論下去，只聽得大半小半不斷地在嘰哩咕嚕，我忽然笑了起來：「毛斯先生，根據我們的協議，我、大半小半三個人，佔的比例比你大，你少數反對也無效。」

毛斯狠狠地道：「他們一定聽我的話。」

我沒有再說什麼，自顧自閉目養神，到了飛行結束，船又開始在海上航行時，陳落和李平才輪流來陪我說話喝酒，毛斯始終不出聲。

等到離長江口還有七十公里時，「兄弟姐妹號」就潛入水中，毛斯被請到駕駛艙去，把他發現沉船的正確地點，告訴控制駕駛的李平。

大約在一小時之後，我們就通過駕駛艙中的觀察艙，看到了在強力的探射燈光芒照耀之下的海底沉船的景象。情形和毛斯所形容的一樣，毛斯這時，神情變得十分興奮：「這幾艘船，在海底躺了幾百年，才被我發現的。」

我冷冷地糾正他：「不到一百年。」

毛斯強調：「不管多少年，不是我發現了它們，會一直在海底躺下去。」

我呵呵笑着：「我同意，所以，發現的一切全屬於你，我負責幫你打撈，分文不取。」

毛斯用力眨着眼，想弄明白我這句話的真正意思，可是我這兩句話的真正意思，就是要把那容器的擁有權完全讓給他，他自然琢磨不出別的意思來。

船停定，毛斯和我準備潛水，大半和小半也參加，李平主動要參加，說：「我也是一個很有資格的潛水員。」

我們進入一個隔水艙，先放進海水，等到隔水艙中全注滿了海水，平衡了海水的壓力之後，一扇門才緩緩打了開來，毛斯在這時，發揮了他第一流潛水人的本領，率先游了出去，我、大半小半和李平跟在後面，不一會，就游到了那艘鐵甲船的甲板之上，看到那容器，被鐵鏈綁在甲板的一個鐵柱上。

那鐵柱原來的作用，是用來繫纜繩的，可知這容器不是這艘船上原來的東西。

我當時想到的是：哈山先生既然可以在海面上撈到一個這樣的怪容器，這艘船，自然也可以由海上撈起一個這樣的容器來。

在撈起了容器之後，船上的人當然不知道那是什麼，也打不開它，所以就將它暫時綁在甲板上。一直到海戰爆發，船沉沒，那容器自然也就跟着到了海底。

我們幾個人繞着那容器轉了一轉，毛斯已指揮着大半小半，使用海底燒銲器，一下子就燒斷了綁住容器的鐵鏈，在他們這樣做的時候，我並沒有覺得什麼不對，因為在感覺上，那容器沉重之至——我曾經把另一個自大郵輪上搬下來，知道它的重量。

我卻忘了哈山是在海面發現它的。

綁住容器的鐵鏈，本已十分腐朽，一燒就斷，斷鏈的一剎那間，那容器突然自水中向上浮起來，帶起十分強烈的漩渦來。

那一帶的海域，有許多礁石，海中的暗流本就十分多，而且很強勁，我們游過來的時候，要和暗流對抗，才能依方向前進，這時，巨大的容器忽然向上浮起來所帶起的漩渦，令得在海中的幾個人，身子全都翻滾着，一時之間，全然無法控制自己。

我在翻出了好幾公尺之後，眼看着那容器向海面上浮去，在潛水之前，我們探測到的海水深度，接近七百公尺，容器的上升速度十分快，人絕對無法在深海潛水之中，用那麼快的速度升上海面去的，在海水中的幾個人，都深深明白這一點，所以儘管着急，也無可奈何。

為了怕被發現，我們打撈沉船的工作是在晚間進行的，所以，當那容器一浮出了探射燈照射的範圍之外，就再也看不見了。

一切，都只不過是十來秒鐘的事，直到容器不見了，李平才游到了我的身邊，向我作了一個手勢，示意我們先游回去再説，可是毛斯此時竟不顧一切，以相當高的速度，向上升去，他顯然是想憑他豐富的潛水經驗，盡可能用最短的時間，升上水面去！

他這樣做，自是危險之極，所以大半和小半兩人，一起拖住了他。

等我和李平游到了他身邊時，還可以看出他面肉扭曲，用力在掙扎。我幾乎想把他一拳打昏過去，他看到無法強得過我們四人，這才停止了掙扎。

不一會，我們就回到了隔水艙，等海水抽出，到了可以露出頭部時，他就急叫：「怎麼辦？這一帶水流相當急，海面上全是迴流，那大箱子怎麼會浮起來的？唉，一定不知道飄到什麼地方去了。」

李平十分鎮定：「不要緊，這船上有最好的追蹤設備，陳落一直在注視我們，自然可以知道那容器浮上海面之後，飄向何處的。」

毛斯聽了，喘了幾口氣，不再說什麼。等到海水抽乾之後，我們一出隔水艙，就聽到了陳落的聲音：「有一個相當大的目標浮上了海面，順海流飄向東，那是不是重要的物件？」

毛斯聽了，才吁了一口氣，想望我又不敢望我。我笑了一下：「不論打撈那東西的過程多麼困難，我都遵守我的諾言。」

毛斯沒有說什麼，不一會，我們進了駕駛艙，陳落已使船升上水面，他指着熒光屏上的一個亮點：「這就是那目標，電腦的分析，竟然不知道這是什麼性質的金屬。」

直到這時，我才算是真正知道：「兄弟姐妹號」上的設備是何等先進，竟然可以根據探測所得，立即進行電腦的分析。

我向李平望了一眼，覺得很奇怪，因為聽陳落說的話，他像是全然不知道那容器的來龍去脈，而我是曾向他說過的！

李平一看到我向他望去，立即就明白了我的意思，他笑了一下：「你沒有告訴我可以轉述你的話。」

我嘆了一聲，李平這樣做，自然是對的，就是由於有這種操守的人太少了，所以才會使我感到驚愕，於是我又把那容器簡單介紹了一下。

等我說完，船已完全升上了海面，探測儀顯示那容器只在三百公尺開外，我們在這時，再也想不到會有什麼意外，因為三百公尺的距離，手到拿來，容易之至。

當我們來到甲板上，卻都傻住出不了聲，只見海面上，距離我們只有兩百公尺處，有一艘巡邏船，正用強烈的探射燈，照住了海面，在燈光照射的範圍之中，那隻容器，正在海面之上載浮載沉。

而那巡邏艇上的士兵，顯然已經發現了那容器，正在叫嚷指點。

一看到這種情形，毛斯首先發出了一下慘叫聲，向我望來。我雖然知道，「兄弟姐妹號」可以輕易把這艘巡邏艇擊沒，可是我當然不會這樣做。

而且，我還十分慶幸我們升上水面的時候，沒有被這艘巡邏艇發現，不然，真不知道如何解釋才好，只怕得進行一場小型的海戰不可了。

我一時之間，沒有出聲，毛斯啞着聲問：「怎麼辦？」

我反問他：「你和東海艦隊的司令員有沒有交情？」

毛斯知道我是在說沒有辦法了，他雙手抱住了頭，沮喪之極。這時，我想到的是：這容器落到了海軍的手中，會有什麼樣的結果？他們是不是可以打開它？打開了它，會有什麼後果？

而就在這時候，那巡邏艇上的官兵，也發現了我們，李平疾聲問：「是立刻逃走，還是搶了那東西再逃？」

李平問得十分理智，如果是溫寶裕這闖禍胚，他一定會問：「是不是衝過去開火？」

我問：「有機會搶了再逃走嗎？」

李平點頭：「有，這船的速度快，他們追不上，只要我們的行動快，我想沒問題。」

我吸了一口氣：「那就請立刻進行。」

李平作了一個手勢：「大家到駕駛艙去。」

等我們進入駕駛艙時，通訊設備已收到了巡邏艇的警告：「船隻請表明所屬單位，請立即表明所屬單位。」

李平已和陳落迅速說了我們的決定，陳落笑，十分幽默，臨危不亂之至：「我竟不知道這艘船的所屬單位是什麼。」

他說着，叫了一聲：「坐穩一些。」

船速隨着他的一下呼叫聲，陡然加快，船頭激起的海水，足有三十公尺高，簡直形成了一股暴泉，隨着向巡邏艇接近，激起的海水，衝向巡邏艇，令巡邏艇的甲板上一陣混亂。而就在這時，船已經接近那容器了，湧起的海浪，把那容器湧得向上拱了起來，在洶湧的海水浪花之中，看到有兩個槓棒自船首伸出，那是兩個巨大的機械臂，一下子就夾住了那容器，在速度未減的情形下，一下子就把容器移到了甲板上。

前後的過程不超過三分鐘，「兄弟姐妹號」已完成了任務，掉轉船頭，高速而去。

不過，巡邏艇的反應也絕不慢，炮聲響起，第一次幾枚炮彈，落在離「兄弟姐妹號」後面，只不過二十公尺處——也就是說，如果行動遲上十秒八秒，就會被炮彈射中。

不過，第二次的炮彈，已經離船有一百多公尺，第三次的炮彈，根本一點威脅力也沒有了。高速航行維持了一小時，才漸漸減速，陳落十分為難地道：「那……東西太重了，增加了那麼多的重量，無法起飛，也不適宜潛航。」

我笑了起來：「反正已到了公海，就慢慢航行好了。」

這時，正當午夜時分，月白風清，海上十分平穩，速度恢復正常之後，我們又一起到了甲板之上，去察看那容器，除了我曾見過同樣的容器之外，別的人都十分好奇，大半和小半不斷地去拉門，想打開門來，但當然不成功。

我伸手在那容器上拍了幾下：「這裏面可能會有一個人。」

雖然已聽我說起過有關這容器的情形，可是聽得我那麼說，每個人的臉上，都還是現出十分怪異的神情來。大半和小半齊聲問：「會是誰呢？」我的回答是：「會是任何人。」

我那時的回答，十分合理，因為確然可以是任何人，可是我那時，再也想不到，容器中會有什麼人，這個人，照說是不應該在「任何人」之列的。

容器已順利到手，毛斯緊靠容器站着，我也不去理他，和陳落、李平，看了一會，就回到了駕駛艙中，那容器仍然由兩個機械臂固定在甲板上。我把有關容器的更多資料告訴李平和陳落，兩人聽得稱奇不已。

飛行時間不到三小時，船航行，卻要兩天，到了第二天，毛斯才遲遲疑疑地來向我說：「衞先生，你的提議是不是還有效？」

我冷冷地望了他一眼：「別強迫自己接受不想接受的條件！」

毛斯的神情貪婪之極，本來，他一頭紅髮，樣子並不難看，可是這時，他臉上蒙着一層卑劣的油光，眼球如同受了驚的蜘蛛一樣亂轉，十分醜惡，他靠近了我一點，要不是我想聽他說些什麼，一定毫不猶豫地把他推開去。

他用鬼頭鬼腦的聲音道：「你知道，衞先生，即使是一千萬英鎊，也不算什麼。」

他的口氣如此之大，那自然更令人厭惡，可是接下來，他舉出的例子，又相當令人信服，表示了這個年代金錢和數字之間的關係，他道：「一幅畫，可以賣到接近五千萬美金，一件瓷器，也有值到千萬美金以上的，一千萬英鎊，實在不算什麼。」我只好冷冷地回答他：「我不知道你是一個藝術品的收藏家。」

他又道：「就算如你所說，那箱子只是一個容器，像是……太空船？這是我的想像，那就……本身就夠值錢了。太空船飛行工具的價值駭人……美國的穿梭機，每架是十二億美元。」我聽得哈哈大笑了起來，這人竟然財迷心竅到了這種地步，他或許以為把這容器拿去賣給美國國防部，或是蘇聯的國防機構，可以賣得好價錢？

當他說了之後，繼續用十分貪婪的目光望向我之際，我已經決定，若是一打開了那容器，就效法劉根生在法國那家工廠所做的一樣，把那個動力裝置卸下來，不然，這個容器不論落到了哪一個軍方之手，都可以闖大禍。

我乾笑了兩聲：「你可以向各國政府去兜售，我建議你去找阿拉伯國家的政府，他們花錢不用什麼議會批准，也有太多的錢，沒地方去花。」毛斯這次，總算聽出了我是在諷刺他，臉上青一陣紅一陣，過了一會，像是實在憋不住了，他才道：「我獨得一億英鎊，大半、小半那裏，隨便你給，這容器就……歸你所有了。」聽得他這樣說，我甚至發不出怒來，只是十分疲倦地笑了一下：「你請便吧。」

凡是貪心得不到滿足的人，都會有一股狠勁，他咬牙切齒，又咕嚕了一陣，可是我根本懶得聽他的，自顧自走了開去。

在這時候，我已經有了決定，船一靠岸，用「兄弟姐妹號」上的運載設備，把那容器弄上岸去，然後，就提議毛斯在碼頭上搭一個營帳，先住下來，然後再在碼頭上就地主持拍賣——因為我估計他根本連運走那個容器的能力都沒有。

唯一可慮的就是哈山知道了另有一個這樣的容器，會急於想得到手，那麼，毛斯就有了敲竹槓的機會。哈山為人雖然精明，可是事不關心，關心則亂。事情和他的身世有關，一生的遺憾，有希望補救，他就會不惜任何代價。我很後悔把和哈山有關的事情告訴了他，得想一個什麼法子補救才好。

當天色黑下來時，我和陳落、李平一起用了一餐豐富的晚餐，又閒談了一會，喝了一些酒，準備睡覺了，我喜歡聽船頭衝破海水所發出的水聲，所以把艙房的一個圓形窗口，半打開着。

那窗子的直徑，約是三十公分，窗子對着船的左舷，如果探起身來，可以看到冷冷的月色，和平靜的水面被船身劃出來的粼粼水波。

我躺在舒適的牀上，在有規律的海浪聲中，正矇矓想睡去，忽然一下子，我陡然睜大了眼。

這時，我其實全然不知道有什麼事發生了，我之所以驚醒，全然是多年來的冒險生活，使我憑一種十分奇妙的感覺，感到有事情發生了。

我睜開了眼，艙房中自然沒有着燈，很黑暗，我一動也不動，保持着原來的姿勢——在未曾弄清楚發生了什麼事之際，不變應萬變是最好的辦法。

所以，我能看到的，只是艙房的一個角落，在視線所及的範圍中，一點異狀也沒有。

而就在這時，我已經知道發生的是什麼事了。

因為在一剎那間，一睜開眼來，我就屏住了氣息，所以我聽到另一個人的呼吸聲，自我的左側傳來。

我也立即可以肯定，那個人並沒有進艙房來，他只是把臉湊在我半打開的窗子前在窺伺我。

我如果要看到這個人是什麼人，就必須半轉過頭去。我首先想到的是：這個人一定是毛斯，我準備立即轉過頭去，大聲叱喝他。

可是一轉念間，我忽然又想到，這個人，如果不是毛斯，那會是什麼人呢？他半夜三更來窺伺我，又有什麼目的呢？自然非要弄清楚不可，轉頭轉得太快，若是一下子把他嚇走了，可能連他是什麼人都看不清，因為他既然把臉湊在窗前，就必然背着光。

所以，我先不轉過頭去，只是盡量使我的眼珠向左移，我受過這種「斜視」的訓練，受過這種訓練的人，可以藉着眼珠的移動，看到平常人看不到的角度。

這時，我自然不能單憑眼珠的左移就看到窗口，但我只要略轉動一下頭部，就可以達到目的，這種小動作，窗外的那個人就算緊盯着我，也不容易覺察。

後來，我想起來，心中很有點慚愧。因為在一剎那間，我心念電轉，想着在窗外的會是什麼人時，竟想到了大有可能是陳落或是李平。

船上一共只有六個人，我躺在牀上，沒有化身。不會是大半和小半，他們兩人笨頭笨腦——凡是笨頭笨腦的人，有一個好處，就是不會鬼頭鬼腦，很少兩者兼備的。

最有可能是毛斯，而我之所以不一下子就轉過頭去的原因，就是因為想到：如果不是毛斯，那就是陳落或者李平了。

我之所以有這樣的想法，是由於陳、李兩人，是雲四風的手下，我始終覺得雲四風雖然竭力幫忙，可是總是十分神秘。雲氏兄弟、木蘭花姐妹，他們一定在從事一項十分秘密的工作——白素可能知道一些，可是也無意告訴我，這是我產生反感的原因。

那麼，會不會是陳、李兩人在船上，另外有窺伺我行動的任務呢？

當時，想到了這一點，並不算過分，但事後想想，總有一點慚愧：竟然這樣不相信人。

閒話少說，當時，我極小心地把頭偏移了一些，由於眼珠早已盡量移動，所以，已經可以使我看到窗口了。

正如我所料，有一張人臉，湊在窗口上，正在向我看。而由於窗口不是很大，那人的一張臉幾乎佔據了窗子的整個空間，背着光，我看不清他是什麼人。

這時，我也知道何以我一下子驚覺過來的原因了，因為我本來只是半打開窗子的，這時，窗子卻是完全被推開了的。

一定是那人推窗子的時候，令我驚覺的——就算沒有任何聲音發出來，他的動作也未免太大了一些，怎能不使我產生警覺？

我看不清那是什麼人，但是在黑暗之中，也可以感到他目光灼灼。

雖然這個人在窗外，而且窗子相當小，這個人想從窗中鑽進來，要很花一點工夫，可是這種情景，還是十分駭人。我沉住了氣不出聲，看他有什麼進一步的行動。

那人向艙房中看了一會，像是醒起自己的臉，遮住了光源，以至看不清房中的情形，因此他的臉向後略仰了一仰，離開了窗子一些。

這個動作，令得月光和燈光都立刻映在他的臉上，我自然也一下子看清楚了他是什麼人。

在我看清了他是什麼人之後，我估計，我至少有十秒鐘之久，呆若木雞，一動也不能動——在那十秒鐘之中，他如果向我採取行動的話，只怕任何行動，我都沒有法子防範，因為太意外了。

第七部

八十年前一場海戰

真是太意外了，在窗外向艙內窺伺的人，竟然會是劉根生。

就是「踏破鐵鞋無覓處」，哈山先生在上海，幾乎把上海翻了一個轉也找不到的劉根生。他也顯然看到了我，正在打量着，看來並沒有認出我來，一則是由於光線暗，二則，他只能看到我的側面。

十秒鐘一過，我已經從極度的意外之中，恢復了過來，可是我仍然不動。

我在急速地轉着念：我應該怎麼辦呢？

如果我一下子就笑起來，會不會把他嚇走？要是把他嚇走了，而他又再不出現的話，我想我會把自己掐死。

我如果出聲叫他，結果也可能一樣。這時，我根本來不及去想他是從哪裏來的，想到的只是一點：如何能留住他，不讓他再消失。

如果我的手夠得到，我一定毫不猶豫，伸出手去，先抓住了他的頭髮再說。

我希望他走進艙房來，可是他並沒有這個意思，反倒又退開了一些，看來像是想離去。

在這時候，我忽然想到，在法國的時候，他對我的印象好像不錯，如果他看清楚是我，他會不會願意和我交談呢？

看來只有這個辦法了。

我是一直瞇着眼的，這時，我又假裝睡着，於是轉動了一下，使我的臉，對準了他。

果然，我看到他現出訝異的神色來，像是奇怪我怎麼會在這裏，卻不想想我看到他的時候，我更加驚訝。

他遲疑了一陣，像是想向我作手勢，可是他又不知道我是醒着，還以為我在熟睡，對一個熟睡的人做手勢，當然沒有用處。

而就在這時，我下了決定，我陡然睜大了眼，望着他。他有一剎那的驚訝，然後做了個手勢，顯然是問我，他可不可以進來。

我大喜過望，一躍而起，先來到了窗前，伸出手去和他握了一握，才道：

「你等着，我帶你進艙。」

那時，我真想叫他就從窗鑽進來，因為出艙房，繞到左舷去，有一段路，他可能又消失了。卻想不到他十分爽快，向我一揮手：「你退開一些。」

我連忙後退，眼前人影一閃，他已經從那圓窗子中，穿了進來。這一手「縮骨功」，漂亮之極。我在一剎那間，倒起了小人之心。

他能一下子就穿進來，自然也可以一下子再穿出去，所以他一進來，我就裝着不經意地阻在他和窗子之間，防止他再度突然離去。

同時，我向一架放滿了酒的酒車，指了一指，他毫不停留地過去，抓起一瓶酒來，打開，大口喝了三口，才抹了抹口，指着我，十分驚訝地問：「你這個人怎麼好像無處不在一樣？剛才我在窗外看着就覺得像你，可是想想不會那麼巧。」

看到了劉根生，我全身的每一個細胞之中，都充滿了疑問，卻想不到他反倒先這樣說，像是我在這船上是意外，他在這裏出現反倒是正常的一樣。

對於他這樣的話，我自然無法一下子就有反應。他又喝了一大口酒，再道：「有你在船上好多了，嗯，這船好像很不錯，我慣在海上討生活，對船有特別的感情，如果船上全是陌生人，又得費好大唇舌，而且只怕語言上也難以溝通。」這時，我總算定下了神來，問出了第一個問題：「你是怎麼來的？」

這個問題才問出口，我腦中陡然靈光一閃，想起了他是如何到船上來的了！而這也令我覺得訝異之極，不由自主伸手指向他，張口結舌，再也說不出話來。

劉根生哈哈一笑：「我以為你一看到我，就知道我是哪裏來的了。」

我直到這時，才又道出了一句話來：「怎麼會呢？這……容器是沉在海底……那麼多年……你怎麼走進那容器之中去的。」

劉根生哈哈大笑，一手提着酒瓶，向我走來，伸手在我肩頭重重拍了一下：「我早已說過，隨便你怎麼想，你都想不出是什麼樣的情形。」他確然這樣講過，而我確然作了種種的假設，仍然不得要領，他的遭遇，一定是離奇怪誕到了難以想像的地步，真相如何，自然只有他一個人知道。

而他又一再說明，他絕不會把真相告訴我！

不過現在我並不着急，我有辦法使他把真相説出來，因為我自信，關於哈山的事，當年在上海一條弄堂口鞋匠攤前發生的事，他一定會極有興趣知道下文，就像我有極大的興趣知道事實真相一樣。

所以我只是若無其事地道：「原來你已經有了可以在那種容器中自由來去的能力，這種容器，有多少隻在地球上？不止兩隻？」

劉根生笑了起來，他神情威嚴，可是這時，笑起來，也十分狡獪，他指着我：「不會對你説的，我已經一再講過，不會對你説的。」

我神態悠然，也向酒車走去，不再阻攔在他和窗子之間，因為我知道，我一開口，就算有人趕他，他也不會離去的了。

我揀了一瓶酒，也學他一樣，就着瓶口，喝了一大口酒，然後，不快不慢地問：「那條弄堂叫什麼？你還記得嗎？是不是叫會元里？」

我並不是用十分好奇、十分關注的神態和語氣問出來，而只是自然而然地閒閒說起的。也正由於這一點，劉根生就不會感到突兀，如果這個問題，是他一直在想着的，他一定會自然而然地回答，這是心理學上得到過許多次實驗證明了的事。

果然，不管劉根生有多麼離奇的遭遇，他也有正常人的心理反應。他連想也沒有多想，就道：「不是會元里，是來元里——」

他說到這裏，陡然停口，雙眼瞪得極大，盯着我，像是盯着一個正準備向他撲過去的殭屍，他的面部肌肉，在不由自主抽搐着，喉部發出了一陣莫名其妙的聲音。

他這時的神情和發出的聲音，都可怕之極，但是這一切都在我的意料之中，所以我十分悠然，又喝了一口酒，長長吁了一口氣。

他維持着這個神態，足有一分鐘之久，才用啞得難以相信的聲音問：「你說什麼？你剛才說什麼？」

他一面說，一面不住搖着頭，像是搖想從一個惡夢之中，把自己搖醒過來一樣。

我自然知道我的話，會引起他極大的震撼，這個「百歲人魔」一生之中最大的憾事，只怕就是不見了他的那個孩子。

事情過了那麼多年，他一定以為絕對沒有希望的了，可是忽然之間，竟然有人提了起來，這種震撼，等於是在他的體內引爆了一枚地雷，他五臟六腑，這時都只怕四分五裂，要好一會才能復原。

我神態更平靜：「噢，是來元里，你記性倒好，那鞋匠姓史，是吧，看起來，人倒蠻老實的……」

這句話一說出來，劉根生的身子，篩糠一樣，發起抖來，他身形高大，骨格子自然也大，這時，他全身的骨頭，都在格格作響，他張大了口，可是他上下兩排牙齒相叩，也發出聲響，這樣子，他足足維持了兩三分鐘，才發出了一下怪叫聲，身子向上陡然蹦跳了半公尺高下，然後又是一下怪叫聲。

他的種種反應，都在我的意料之中，甚至他如果雙眼翻白，仰天跌倒，昏死過去，也不會在我的意料之外，所以，不論他是蹦跳也好，是怪叫也好，我只是冷靜地看着他，看他還有什麼把戲玩出來，這時我心情之愉快，真是難以形容，雖然暫時仍然真相未明，但是連日來的悶氣，卻一掃而空，舒暢無比。

劉根生大約發出了五六下怪叫和蹦跳了五六次之後，才咕咕咕一口氣把一瓶酒喝了個清光，又連連喘息了一會，才算是恢復了正常，但是還過了一兩分鐘，他才恢復說話的功能。

需要補充一下的是，他的大叫大嚷，驚動了正在當班的陳落，陳落敲門，我把門打開，陳落看到了劉根生，訝異之極，劉根生卻只是雙眼直勾勾地向着我，並沒有注意別人。

我向陳落作了一個手勢，表示一切很好，陳落向劉根生指了一指，我低聲道：「說來話長，我會解釋。」

常言道「好奇之心人皆有之」，可是陳落十分懂得克制自己，他只是略揚了揚眉：「我在駕駛艙，有事，通知我。」

他說着，就已經退了出去，並且把門關上。這人竟如此冷靜，十分令人佩服。

劉根生可能根本不知道陳落曾出現過，他恢復了說話功能之後的第一句話是：「你還知道什麼？」

我反問：「那小孩子是你什麼人？」

他略震動了一下，盯着我，臉上又現出了一股狠勁來，而且自然而然伸手向腰際按了按——那多半是他一怒之下就想拔刀的手勢。

可是他多半又在這時想到，我一定知道得不少，八十多年前的事，居然還有人知道，他急於想知詳情，根本無法克制，而他也明白，他要知道更多，就必須先回答我的問題。

他的回答十分簡單：「是我兒子。」

他說上海話，上海話中的「兒子」的發音是「尼則」，我自然聽得懂。我這時又問：「自己的兒子，為什麼隨便送人？」

劉根生一聽，直跳了起來，咬牙咬得格格直響：「我沒有送人，只是託那鞋匠照顧一陣子，給了他那麼多錢，這隻赤佬，見財起意，不安好心，絕子絕孫，一家都不得好死，生兒子沒有屁眼……」

幾十年來的怨恨，化為一連串粗言穢語和惡毒得匪夷所思的詛咒。

這時，我也不禁奇怪：史道福有一個機會給他去找兒子，他為什麼不去找呢？

可是這時候，自然還不是問這個問題的時候，我先問：「你為什麼要把自己的孩子託人照顧？」

劉根生用力一揮手：「你也不能總是問我，先讓我也問幾個問題。」

我堅持：「先回答我的問題再說。」

劉根生狠狠地一頓腳：「造反不成，弟兄們走的走，死的死，捉了小刀會的人，問都不問就砍頭，我要逃命，總不能帶了小囝一起逃。」

劉根生說到這裏，喘了幾口氣：「我打算躲上三五個月，就可以領回孩子，誰知道再回上海，那赤佬鞋匠就失了蹤，我一次又一次，找遍了上海，也沒能找到他。」

我冷冷地道：「你每隔上十年八年，才去找他一次，怎麼找得到？」

劉根生一聽，盯着我的眼光，又像是看到了一具蹦蹦跳跳的殭屍。

我喝了一口酒，又拋了一瓶酒給他：「那個容器可以使人的生命停頓，使生命變成暫停的形式，這種間歇式的生存方式，使你這個已超過一百歲的人看起來像是三十多歲，因為其中有七十年，你是在『休息狀態』中度過的，是不是？」

我一口氣說着，劉根生張大了口，合不起來。我又冷笑了一聲：「你對我的想像力估計得太低了。」

劉根生竟然同意了我對他的指責，這倒頗出乎我的意料，我故意逗他一句：「你是什麼時候開始失望的？」

劉根生長嘆一聲，神情惘然：「人生七十古來稀，二十年前，我已經失望了。」

看到他這樣子神情，我十分同情，不忍心再令他難過下去，所以也不再賣關子，告訴他：「當年那小孩沒有死，現在還活着，是世界著名的豪富，而且十分巧，巧到了不能形容的地步，你見過他。」

劉根生張大口，他多半想問「什麼」的，可是完全出不了聲。

我又道：「他就是哈山，就是你從那個容器中出來時見到的那個人，當然八十多年過去，他已經是老人了！你一出來就急急到上海去找他，卻料不到他就在你的眼前。」

劉根生這次反應，比上次強烈得多了，他沒有叫沒有跳，只是整個人僵直直地發抖，抖着抖着，眼珠就向上翻，我一看情形不好，他們父子兩人原來都有一受刺激就昏厥的毛病，趕緊過去，伸指向他太陽穴便彈。

一指彈出，他才「啊」地大叫了一聲，一點也不誇張，叫了一聲之後，汗如雨下，喘氣如牛，雙眼睜得極大，眼珠亂轉，一句話也說不出來。我向他手中的酒瓶指了一指，他會過意來，大大喝了一口酒，又劇烈地嗆咳起來，竟連到了口的酒都無法吞嚥下去！

我又伸手在他的背上用力拍了幾下，他努力吞下了一口酒，臉漲得十分紅，仍然呼哧呼哧地喘着氣，足有五分鐘之久，才漸漸回復了正常，望着我，有氣無力地道：「那麼巧？」

我點了點頭：「就是那麼巧。」

劉根生又大口喝了幾口酒：「他知道了？」

我想據實告訴他，哈山已經知道了，而且正在找他，但是我轉念一想，如果我告訴了他，他可能又會一下子消失，所以我沒有立刻說出來。他又激動起來，雙手抓住了我的手臂，用力搖着我的身子：「告訴我，把一切都告訴我。」

我伸手抵住了他的胸口：「我當然會告訴你，可是你也得告訴我。」

他連連點頭：「你先說……你先說一段。」

我爽快地答應他，把史道福所說的，當年在上海發生的事，說了一遍。這些事，有許多是劉根生親自參與的，他自然知道我所說的是事實。

當他聽到了史道福曾寫了一封信，送到客棧去的時候，他直跳了起來，先大聲罵了一句極粗的粗話，才道：「烏龜王八蛋收過他的信！」

在史道福敘述到這一點之時，聽到的人，也都十分奇怪，何以劉根生在知道了哈山的下落之後，並不去找哈山？雖然那時哈山早已離開了孤兒院，而且在上海灘上，也已經嶄露頭角，但通過孤兒院的這條路，還是十分容易找得到他的。

那麼，他們父子兩人，在六十年前，就可以相會，不會等到現在了。

哈山聽了這件事，還十分傷心，頻頻問白老大「為了什麼」，白老大也說不上來。

這時，我聽得劉根生這樣說，也不禁大是驚訝，因為我相信史道福不是說謊，他確然曾寫了一封信。

我又把史道福叫小癟三送信的經過，向他說了一遍，劉根生「啊」地一聲，在額頭上拍了一下：「我記起來了，我進店堂的時候，是看到一個小癟三，在角落閃閃縮縮，可是他沒有給我什麼信！」

我也不禁「啊」地一聲，在額頭上拍了一下，我明白了，事情再簡單也沒有，史道福所託的那個小癟三，並沒有把那封信交給劉根生！

小癟三為什麼這樣做，理由怕也很簡單，他不懂得這封信的重要性，既然收了錢，也就算了，也或許劉根生的氣派十分大，小癟三不敢接近他。

就這樣，一個微不足道的小人物的一念之差，哈山和劉根生兩父子的重會，就推遲了六十年！

劉根生咬牙切齒地罵那個小癟三，我勸他：「不必那麼痛恨有關人等，哈山的一生多姿多采，過得極好，地球上像他那麼幸福快樂的人極少。」

劉根生怒視我一眼，冷笑一聲：「你知道什麼。」

我也冷笑：「我知道，你是想說，若是你們早幾十年相逢，你也可以使他有『分段式』的生命！」

劉根生的喉頭發出了「咯」地一聲響，顯然他被我說中了心意。

我作了一個手勢：「現在輪到你說了，那位女士……是你的妻子？」

劉根生呆了一會，神情十分惘然：「可以說是，哈山是我和她的孩子！」

那女人果然是哈山的母親，我笑了一下：「哈山在擔心，如果他母親也像你一樣的話，看起來那麼年輕，他那一聲『娘』，很難叫得出口！」

劉根生神情更是惘然，嘆了一聲：「他見不到他娘了，見不到了！」

他在說這話的時候，聲調和神情，都傷感之極，那叫我無法再問下去，因為習慣上，若是他妻子已死，他又十分傷感，總是不再追問的好。

他也沒有進一步解釋，只是望着我，我向他作了一個手勢，示意該他說了。劉根生卻只是喝酒，很快又喝完了一瓶，他也不理會是什麼酒，抓了一瓶來又喝，我知道他酒量相當好，但是這時他的情緒十分激動，比較容易醉，所以我按住了他的手。

劉根生長長地吸了一口氣：「那次，我們得到了消息，有一船軍火，全是洋槍洋炮，要經過崇明島，運到上海去，交卸給幫清兵打我們的洋兵。」

如果不是我在海底已見過了那幾艘沉船，知道若干年前，曾在這個海域上有過一場海戰的話，也還不容易明白他一開始說的話。

我已經約略估計到這次海戰的性質，所以這時，十分容易接受他的敘述。

劉根生忽然笑了一下，笑得相當慘然：「小刀會是在海上起家的，航海經驗十分豐富，也一直保有一些十分有用的船隻，水性好的人更多，所以，就決定在海上，截劫這艘洋船，由我帶隊，率領九十名兄弟，兼程出海去，照原定的計劃，在崇明島的北水門，去攔截那艘洋船。」

劉根生說到這裏，頓了一頓，眼望着天花板，神情十分凝重，想是他想起了當年那一場在海上的戰役。

過了好一會，他才又道：「我們這一次出征，計劃得十分周詳，事先得到了那艘洋船的圖樣，知道那船的機艙在船尾二十公尺處，我們準備了炸藥，準備一截停洋船，立即就派人下海去，把炸藥貼在船底，只要炸壞洋船的機艙，就已成功了一半了。」

我吸了一口氣，搖了搖頭：「估計得太樂觀了，洋船是有大炮的！」

劉根生苦笑了一下：「是，我們是太樂觀了一點。當時，正是早上，我從望遠鏡中看到了那艘洋船，一眼就看到了在洋船船頭的甲板上，有兩個我們情報中沒有提到的東西。」

他一下子就說到了這個要點，倒令我鬆了一口氣，因為我怕他回憶起當年的戰役時，會興致大發，詳細敘述怎麼打這一仗——當然，這場海上截擊戰，如果詳細說來，也一定十分悲壯動人，我相信劉根生帶去的九十名兄弟，可能是全部犧牲了的。但是這一段經過，畢竟只是這個故事的小插曲，那兩個容器，才是故事的主角！

我「嗯」地一聲：「那兩個容器！」

劉根生點了點頭：「接下來發生的事——」

我忙道：「請盡量簡單，我只想知道和那怪容器有關的事。」

劉根生的神情有點惱怒：「那是一場了不起的海戰。」

我說得十分認真：「豈止這場海戰而已，整個小刀會的歷史，都十分了不起，不知有多少悲壯的故事，你要是有興趣，我可以提供協助，把你所知道的一切，都用文字整理出來，流傳千古！」

劉根生聽得十分高興，悠然神往，連連點頭：「我們沒有強力的火器，所以，我們的船，是偽裝了漁船行駛的，所以在接近洋船的時候，洋船並沒有防備，三艘船，我所在的主船在最後，兩艘副船反倒包抄上去，三艘船上都掛着『緊急求救』的旗號——」

他說到這裏，頓了一頓，向我望來。我明白了他的意思，忙道：「兵不厭詐！」

劉根生大是高興，用力一拍桌子：「對了！不過洋船的船長，也是海軍出身，開始時沒有注意，當我們接近了之後，三面包抄的形勢已經形成，他雖沒提防，也看出不對頭來了，所以立時開炮。」

劉根生說到了開炮時，停了下來，瞇着眼睛，現出十分堅決的神情，像是他自己又置身在戰船之上一樣——要知道這場海戰，已過去了許多年，但是對他來說，還是不久以前的事，所以記憶猶新。

劉根生長嘆了一聲：「一開炮，才知道洋炮的厲害，我們的一艘船先中炮下沉，船上的三十個弟兄，紛紛落水，向洋船游去，洋船上的洋兵，本來還想在船上射擊，可是我們的弟兄全是潛水游過去的，子彈橫飛，損失並不大，三十個弟兄，倒有二十多個上了洋船，最勇敢的是先從洋船船尾，扯着錨鏈爬上去的那兩個——」

劉根生雖然說不詳細形容那場海戰的情形，可是還是不免說了幾句：「那兩個弟兄上船之後，已中了不知多少槍，成了血人，也不知道他們怎麼忍住的，還是刺死了六七個洋人，讓別的兄弟上船去。」

劉根生說到這裏，不住地喘着氣，我也可以在他的敘述之中，感得到當時戰況的慘烈。

劉根生大喝了一口酒：「第二艘船接着中炮，我一看情形不對，怎麼都要沉，不如撞過去，所以我索性拚命，在第二艘船快沉的時候，船也撞了上去，九十個弟兄，上了洋船的，至少有五六十人，他奶奶的，一上了船，短兵相接，洋兵就不是我們的對手了，可是洋兵的短槍，還是十分厲害──」

他說到這裏，伸手在左腿上輕按了一下：「我一時貪功，追殺一個洋軍官，給他一個回馬槍，打中了我的左腿，我打了一個滾，朝近去，還是一刀刺進了他的小腹……這時，船上殺聲震天，我大聲叫『一個不留』，因為這時，我們三艘船全沉了，大批槍械，要靠洋船運回去，不把洋兵全殺了，不能達到目的！」

我吸了一口氣，對劉根生這樣的人來說，在一場戰爭之中，高叫「一個不留」，自然是順理成章的一件事，在我聽來，卻有十分不自在的感覺。

我挪動了一下身子，劉根生瞪了我一眼：「洋人和清兵殺我們的時候也一樣！」

我咕噥一句：「你殺我，我殺你，一部人類的歷史，就是互相殘殺的歷史！」

劉根生不理我，自顧自說下去：「我雖然受了傷，可是一刀子就把子彈從大腿上挑了出來，那不算什麼，我們每個人都有鋒利的小刀，犯了會規，『三刀六洞』，自己了斷的，我也不知道見過多少，沒這股狠勁，怎麼在江湖上混！」

我作了一個手勢，表示完全同意他的意見，也請他不要再發揮下去。

我知道什麼叫「三刀六洞」，那是幫會的一種最普通的懲罰，由犯規者自己執行，在自己的腿上，插上三刀，刀尖必須刺透腿部，所以，雖然只刺三刀，卻有六個洞，故名。

習慣於「三刀六洞」的劉根生，對於用小刀把腿中的子彈挑出來，自然小兒科之至了。

劉根生對我的手勢表示滿意：「我扯了布條，紮起了傷口，又去追殺洋兵，一個洋兵手中的槍成了空槍，我追過去，他逃，逃到了那兩個大箱子之一的旁邊，那兩個大箱子是用鐵鏈纏在鐵柱上的，洋兵繞着其中一隻箱子轉。我去追他，腿上傷痛得厲害，一下子絆跌了，洋兵以為有機可趁，轉頭一腳向我踢來，我一看來得正好，雙手抓住了他的足踝，用力一扭，那洋兵站立不穩，身子重重一側，頭撞在那大箱子上，大箱子十分硬，那洋兵的頭撞了上去，撞得頭破血流，昏了過去。我再用力一甩，把他甩進了海中。」

劉根生說到這裏，略停了一停，神情突然之間，變得古怪之極，伸手在自己的臉上，重重撫摸了幾下，然後才又道：「我先扶着那大箱子，站了起來，那大箱子的門上，有一個把手，我自然而然，拉住了這個把手，把身子挺直，一手仍着握小刀。」

他說到這裏，神情更是古怪之極，顯然接下來發生的事，一定怪到了極點。

我已經知道，一切古怪的事，都是從那兩個古怪容器開始發生的，那時劉根生正在那容器之旁，可能就是怪事發生之始了。

劉根生自然而然搖了搖頭，繼續說下去：「我一拉把手，竟然順手把門拉了開來——」

他向我望來，我發呆，不知如何反應，我知道有點不對頭，可是又說不出所以然來，我感到劉根生是不應可以拉開那扇門來的，果然，劉根生立時道：「那門……好像不是被我打開，而是在容器之內，被人從裏面推開來的，可是門不能完全打開。」

我想起了門不能打開的原因了，忙道：「是啊，我知道那容器是用鐵鏈縛在柱子上的。」

劉根生點頭：「是，可是又因縛得不是十分緊，門雖然不能完全打開，但是可以推開少許，……大約可以伸一隻拳頭進去。那時，船上仍在激戰，雖然我覺得事情極怪，但也不會多加注意，要衝向前去殺敵，可是……可是……事情真是注定的……。」

他說這裏，又大是感慨，停了片刻。

在接下來的兩分鐘之中，他在沉默中，有時喃喃自語，道：「注定的，注定的，天下事，真是注定的。」

我嘆了一聲：「究竟發生了什麼事呢？」

劉根生道：「我們和洋船相遇時，天剛亮，大約是寅時時分，一遇上就激戰，打了多久也不知道，總之，到了那門打開了一些的時候，日頭還是斜的，若是日頭正中，或者從門的另一邊斜照過來，也就沒有事了。」

我忙道：「我不明白，那有什麼不同？」

劉根生道：「大不相同，如果不是日頭斜照，恰好照進門縫中，我就不能看到箱子裏面的情形。」

我明白了：「你看到什麼？」

劉根生的神情又古怪之極——事隔這麼多年，他仍然覺得那麼古怪，可知當時他的駭異是如何之甚了。

他道：「我看到了一張人臉，一張十分標致的人臉，從那拳頭般寬的門縫看去，我看不到這張臉的全部，可是高鼻頭大眼睛，我總是看得到的，那是一個外國女人，眼珠在太陽光下，是金黃色的，你想想，在這樣的情形之下，我忽然看到了一個大箱子中，有那樣的一個女人，正睜大了眼在望着我，我心中的驚駭，可想而知，我不知怎麼辦才好。就在這時，又有一個洋兵向我開槍，我躲過去，順手把門推得關上。

「那洋兵衝了過來，我一腳踢飛了他手中的槍，刺死了他之後，才伸手接住了被我踢得飛起向半空的那柄槍！」

劉根生說到這裏，現出傲然的神色來，我點了點頭，表示欣賞他的身手——要一腳踢飛一個人手中的槍，再出手刺死他，然後再接槍在手，動作自然乾淨俐落之至，十分難得。

劉根生見我有稱讚之色，十分高興：「我一接槍在手，第一件事，自然而然，就是一槍把圍住那箱子的鐵鏈射斷一節。我也不知道當時為什麼這樣做，多半是我想到，這女人一定是被船上的洋人關在裏面的，鋤強扶弱，正是我們俠義之輩應做的事，所以戰況雖然激烈，我還是想到了要救人，所以先射斷了鐵鏈再說，那時，我沒有去想另一隻箱子上是不是也有人。」

劉根生吞了一大口酒：「鐵鏈一斷，散開了一些，我正想對着箱子叫，叫那女人不要出來，就在這時候，突然一聲巨響，整艘船都震動起來，我身子一側，連忙又伸手拉住了那大箱子的門把，這一次，門並沒有打開來，而船身已隨着那一聲爆炸而傾斜，我聽得幾個弟兄在叫：『洋人自己炸了船！』」

劉根生一揮手：「那洋船的船長，倒也是一條漢子，他眼看船保不住了，就自己炸了船，我們準備的炸藥沒用上，他的炸藥，也正在機艙爆炸的，從一下爆炸，到洋船下沉，只是一眨眼的工夫，在那短短的時間之中，我根本不能做什麼，只是抓住了那箱子的把手，竟然不知道鬆開手來。那時，鐵鏈雖然斷了，可是還沒有散開來，箱子還是繫在柱子上，和船是連在一起的。」

我聽着，又不禁發出了「啊」地一聲——劉根生在這樣的情形下，如果他不鬆手，他就會和船一起沉進海底去！

雖然我明白劉根生後來沒事，但當時他的處境，確然十分危險。船在下沉的時候，會帶起巨大的漩渦，他如果跟着船下沉，處境就十分不妙。

第八部

容器內藏外國女人

劉根生望着我，像是知道了我想到了什麼，他道：「看起來我的情形不妙，可是陰錯陽差，我反倒成了……唯一的生還者。」

我沒有說什麼，等他再說下去，同時，心中也十分感慨。我曾在海底，看過那幾艘沉船，看起來，躺在海底的沉船十分平靜，哪裏想得到在當時，曾經有那麼慘烈的戰爭。

劉根生吸了一口氣：「船一下沉，在甲板上的人全被漩渦捲上了海面，在大浪之中，無法掙扎，都沒了頂。在艙中打殺的，自然也都出不來了，只有我，情形最特別，人在甲板上，可是又不會浮上去，因為我的手握住了那大箱子的把手。雖然在下沉時，我緊閉着氣，天旋地轉，十分辛苦，但總算熬了過去。」

我點了點頭：「不是水性極好，又有上好的武術根子，給海水自鼻孔倒灌進來，嗆都嗆死了！」

劉根生道：「是啊，一直到船沉到了一半，下沉的勢子已經慢了許多，由於震盪，鐵鏈鬆了開來，那大箱子竟然向上浮了起來。」

劉根生又現出十分古怪的神情，我等着他說下去，他忽然道：「我說得夠多了，該你說了！」

我想抗議，可是繼而一想，他的話也有道理，他的確已說得夠多了。雖然他說的都是有關那場海戰的事，可是也說出了十分重要的一點：那兩個大容器中的一個，內藏着一個美麗的女人。

那個女人，後來成了他的妻子，又生下了哈山，這一切經過是怎麼發生的，還不可想像，但至少知道了劉根生是如何認識那個「中東女子」的了。

我於是把哈山知道他自己的父親還在人世，以為他會在上海，所以他在上海展開了大規模的尋找行動，和哈山知道這種情形之後，幾次昏過去的經過，說了一遍。

劉根生聽得十分入神，唉聲嘆氣，搓手頓足，我道：「我們這艘船，一到岸，就可以立刻和哈山聯絡，你們就可以父子重逢了！」

劉很生十分渴望：「當年分手的時候，還在襁褓之中，八十多年了。」

我催他：「該你再說當時的情形了！」

劉根生道：「是！我和那大箱子一起浮上海面，沉船帶起的漩渦已經消失，我反倒安全了，我伏在那大箱子上，隨海浪飄着，在一大塊巖石上擱了淺。」

劉根生苦笑：「我自己死裏逃生，自然想起了箱子裏面的那個女人來，我拍打着箱子，因為我在外面拉不開這箱子的門來。」

接下來發生的事，十分重要，劉根生也說得十分詳細，我在敘述的時候，要另外換一個方式。

劉根生打不開那容器，就開始拍打，這時，容器擱在一個淺灘上，劉根生又順手拾起了一塊石頭來，在大箱子上用力敲打着。

開始的時候，一點反應也沒有。那大箱子在海上漂浮，在巖石上擱淺之後，門向着上面，劉根生又用力去拉着把手，他心中在想，那個女人被關在箱子中，這上下只怕悶也悶死了。

他忙碌了大約十來分鐘，箱子仍然一點反應也沒有，劉根生無法可施，停了手，開始打量自己的環境，那堆巖石並不大，四周圍全是茫茫大海，這時已是中午時分，陽光猛烈，映得海水十分耀眼，劉根生知道在這樣的礁石上，不可能有水源，必須早點離開，他唯一可恃的，自然就是那隻大箱子。

大箱子在海上飄浮，可以把他帶到更好的環境中去。他順手從巖石上抓下了兩隻蠔貝來，把肉挖出來嚼吃了，對着箱子叫：「喂，你出來，我打不開門，你出來！」

叫了半晌，也沒有反應。

這時，潮水在退，劉根生想把大箱子推到海中去，可是哪裏推得動？他沒有辦法，只好暫時留在礁石上，捉了一條魚，生裂了吮吸着魚汁解渴，雖然十分腥，可是慣於在海上生活的劉根生知道，就憑這樣的方法，他可以在這礁石上生存下去。

這時，令他十分好奇的是，箱子中的那外國女人，在露了一面之後，為什麼再也不露面了？劉根生不懂得計算一個成年人需要的空氣量是多少，可是他知道，一個人關在這樣的一隻大箱子中，不必多久，就會悶死。他甚至想，自己把門推得關上，是不是已經把這個女人悶死在裏面？一想到這一點，他不禁十分不安，又開始去拍打那箱子的門。

這一次，他才拍了兩下，忽然聽到輕微的一下聲響，劉根生一呆之下，看到箱子的門，正在向上緩緩抬了起來。劉根生不禁大喜，大叫了一聲。看起來，那門是十分沉重，只打開了一點，又合上，然後又向上抬起來。

劉根生一看到這種情形，連忙一手握住了把手，一手自門縫中插了進去，用力向上抬。

果然，那門十分沉重，劉根生雖然年輕力壯，而且力大無窮，也費了好大的勁，才將門慢慢抬了起來。

那容器如果是用正常的擺放方法直立着的話，要打開它的門，十分容易，用手指撥一撥就可以了，可是像這時擱淺在礁石的情形，就非得把整個門抬起來不可。而且，也沒有什麼麼地方可以借力，等到門抬開多一點的時候，劉根生全倒着身子，用肩膊去頂，將門頂開更多，他已看到了箱子中那外國女人，正想向外出來，她只是探出了頭來，用十分好奇的神情打量着劉根生。

在陽光下看來，那女人一頭金光閃閃的長髮，有着大圈大圈的波紋，看來十分美麗，高鼻子大眼睛，她穿着一件半袖的緊身衣，當她上半身都探出來的時候，胸脯脹鼓鼓的，露出的手臂上，也有着在陽光下看來金光閃閃的細密的汗毛。

劉根生這時還咬牙切齒地在出力，可是那外國女人一點也沒有幫手的意思。雖然那外國女人十分好看，劉根生並沒有責怪她的意思，可是他仍然忍不住道：「別看我，出點力！」

劉根生這時，講的自然是上海話，那外國女人呆了一呆，神情更是好奇，嘰咕了一句話，劉根生自然一點也聽不懂。

上海雖然說是十里洋場，但是像劉根生這樣身分的人，對外文的了解，最多也不過是洋涇濱英文中的「來叫開姆去叫果，大大輪船史汀婆」而已。

他又說了一句：「你也出點力，我快要頂不住了，這門很重！」

他在這樣說的時候，那外國女人十分用心地聽着，忽然，外國女人身子一縮，又縮了回去。劉根生十分惱怒，罵了一句。

當那外國女人探出頭來打量他的時候，由於外國女人十分好看，而且，劉根生一輩子也沒有在那麼近距離和一個異種女性在一起過，他似乎還聞到了一股十分清香的體味，所以他的注意力，也集中在那女人的身上，並沒有留意容器中的情形。

當時，外國女人縮了進去，他的視線跟着轉移，自然也看清了容器中的情形。

當我和一些朋友，打開這個容器之際，可以想像到那是一個太空囊，也知道那容器之中有電視熒光屏，有許多儀表等等。

可是，對那麼多年之前的劉根生來說，他卻全然無法知道那是什麼東西，他只是看到，那容器之中，還有一扇橢圓形的門——外面的門由他抬頂着，裏面的門，也自動打了開來。

而那外國女人，這時正縮進第二重門去，坐到了一張古怪的椅子之上。

劉根生驚訝之至，大聲問：「喂……喂……你到底是什麼路數？」

他連問了幾遍，看到那外國女人在椅子的扶手上亂按，有許多小燈在閃，劉根生肩頭快被壓碎了，可是他知道自己只要一退，門又會關上，所以他咬緊牙關頂着，青筋暴起，也已說不出話來了。

而就在這時，那外國女人忽然說了一句劉根生可以聽得懂的話：「上海？你說的是上海話？」

她這句話，也是用上海話說出來的，而且字正腔圓，聽得劉根生發呆，連連點頭。

那外國女人，十分高興，取了一隻小小的圓筒在手，那圓筒有一邊是十分平整的平面，會閃閃生光，有不少符號在不斷閃動。

劉根生後來，自然知道那是一具言語翻譯機——它接收到的聲波，經過內藏豐富資料的機器查證，可以轉化為指定的語言。

剛才劉根生聽到的那一句話，並不是那女人直接講出來的，而是通過了翻譯儀傳出來的。

劉根生當時全然不明白這些，那外國女人取了這圓筒在手之後，又從劉根生的身邊，鑽了出來。

她穿着緊身衣緊身褲，女性的線條美，表露無遺，看得劉根生目瞪口呆，劉根生當時的評語是「難看是真難看，好看也真好看」。聽起來似乎很矛盾，但是也合乎情理。難看是指風俗不同，所以心理上不能接受，而好看，那是必然的了。

外國女人一出來，劉根生也立時縮了縮身子，門「砰」然合上，劉根生大口喘着氣，外國女人四面看看，神情訝異之極，問劉根生：「這是什麼地方？」

劉根生嘆了一聲：「我也不知道，海上！」

外國女人又問：「你總知道自己在什麼地方的，是什麼洲？歐羅巴洲，還是亞細亞洲？」

劉根生或許對於崇明島一帶的水域，了如指掌，可是什麼歐羅巴洲、亞細亞洲這樣的名詞，對他來説，自然也十分之陌生。

所以，劉根生的回答是翻着眼睛：「勿曉得儂講啥物事！」（不知道你説什麼！）

外國女人有點着急，嘆了一聲，又問：「你是什麼人？」

劉根生用力一拍胸脯：「我叫劉根生，是小刀會的頭目，狠角色！」

外國女人望着他，十分有興趣的樣子，忽然嬌聲笑了起來，掠了掠長髮，神情十分動人，又道：「你再把門頂開來，我要進去一會。」

劉根生想了一想，先搬了一塊大石，放在箱子的旁邊，再用力抬起了門，把大石頂住了門。

那外國女人先閃身鑽了進去，坐在那張椅子上，由於那容器不是照正常的位置放着的，所以外國女人坐在椅子上之後，看起來和仰躺着一樣。

劉根生目不轉睛地看着她。這時，他的心中混亂之極，因為不論他如何想，都想不出自己遇到了什麼事。他甚至懷疑自己已經葬身在大海之中，現在的一切，全都是他死後的幻象！

可是接下來發生的事，又令得他心跳加劇。外國女人在座椅上「躺」了下來之後，身體各部分，更是該鼓的地方鼓，該細的地方細，在劉根生的眼中，已經十分異樣。

而外國女人卻又把自己的身子，盡量向椅子的一邊，擠了一擠，空出了座椅的一半來，她伸手在空出來的那一半的椅子上拍了拍，又向劉根生招了招手，同時身子打側，以便騰出更多的空位來給劉根生。

劉根生自然一看就知道外國女人的手勢，是要他「躺」到她的身邊去！

那座椅如果一個人坐，綽綽有餘，可是要兩個人坐的，那肯定身子必然擠在一起。尤其外國女人的身子可稱豐腴，劉根生也十分壯碩，兩個人要擠進那椅子去，非得側轉身子不可，那就幾乎等於面對面了！

劉根生不由自主，吞了一口口水，眼睛瞪得老大，不由自主，講了一句上海人慣說的粗話，又對眼前的情形加了一句評語：「到底算是什麼名堂？」

外國女人盯着翻譯儀，有十分疑惑的神情，顯然那一句上海小孩子也知道的粗話，令她不能理解，她一面神情疑惑，一面又大有羞態，過了一會，才道：「我不懂你這句話的意思！」

劉根生大是發窘，忙道：「沒有意思的，一點意思也沒有的……」

外國女人又拍着椅子：「你快點過來啊！」

劉根生一咬牙，心中想：老子可沒有要佔你便宜，是你一再要我過來的。哼哼，聽說外國女人都風騷得很，看來果然不錯！

他一面嘀咕着，一面也鑽了進去，擠進了那座椅之中，當然和外國女人擠到了一起，外國女人向他甜甜一笑，笑得劉根生在剎那之間，大是暈暈乎，有點不知怎麼才好，可是接下來發生的事，又令得他心頭狂跳！

外國女人略一欠身，身子半邊壓在劉根生的身上，也不知她從哪裏握了一把金屬棍在手，用力向那塊大石，頂了一頂，把那塊大石頂了開去。

大石一落下去，門就自動合上，劉根生一驚，只覺得眼前並不黑，光線十分柔和。外國女人在椅子的扶手上按着。

她按自己身邊的那扶手還好，可是她又要按劉根生那一邊的扶手，每當她按劉根生那一邊的時候，她軟綿綿的身子，就擠得劉根生更緊。而且她還不斷在動，擠挨得劉根生大口喘氣。

外國女人像是也知道劉根生的感覺，時不時還向劉根生作個鬼臉，劉根生不敢出聲，可是心裏已叫了幾百聲「騷貨」！

但這時又有點對劉根生來說，古怪之極的事發生，倒也吸引了他的一部分注意力——這時，劉根生雙手緊貼着自己的身子放着，一動也不敢動，雖然大有此念，可是雙手半分「揩油」（佔便宜）的動作都沒有。

劉根生看到眼前有九個方塊，變了起來——後來，他自然知道那是電視熒光屏，但當時，他全然不知道那是什麼。

顯示出來的圖案，他也看不懂，只聽得外國女人在自言自語：「我知道了，離這裏不遠，有一個很大的島！」

劉根生點頭：「自然，崇明島。」

外國女人又按了許多掣鈕，劉根生只覺得眼前的影像變幻不定，看得眼花繚亂。

過了好一會，外國女人才停止了動作，半撐起身，只是似笑非笑地盯着劉根生看，看得劉根生心中發毛，用手撫着臉：「有什麼不對？」

外國女人皺着眉，想了一想，才道：「我和你……不同，不是同一種人！」

劉根生忍不住盯着她嬌美的臉，狠狠地看了兩眼：「我知道，你是外國人！」

外國女人又想了一想，搖了搖頭，可是沒有說什麼，劉根生急急地問：「你怎麼會在箱子裏的？你這……箱子究竟是怎麼一回事？」

外國女人笑了起來，牙齒又白又齊：「你不會明白的，嗯，你會明白，如果你肯長時間和我在一起！」

劉根生大口吞了一口口水：「當然肯，我……」

外國女人盯着劉根生，金黃色的眼珠閃閃生光：「你要和我在一起，一切就要聽我安排！」

劉根生哈哈笑：「你會把我怎麼樣？」

外國女人也笑了起來：「我會做一點事，可是做了之後，會有什麼結果，我不知道。」

劉根生是他自稱的「狠角色」（什麼都不放在心上，膽大包天的人物），所以他聽了也不是很在乎，只是反問：「最壞到什麼程度？」

外國女人十分認真地想了一想：「壞到了我也不知道的程度！」

劉根生又笑了起來：「那算是什麼？難道比碎屍萬段更可怕，更壞？」

外國女人忽然震動了一下，現出了十分古怪的神情來，劉根生大覺奇怪，可是這時候，一來是他絕不能在一個女人，尤其是一個外國女人面前「柵台」（丟臉），二來，他的狠勁發作。

所以，他大聲道：「就算碎屍萬段又怎麼樣？反正是死了，誰理得分成多少段？你想做什麼，只管做吧！」

外國女人聽了，大是歡喜，「啐」地一聲，就在劉根生的臉上，親了一下，親得劉根生全身發熱，也不知道接下來發生了什麼事，好像是一下子就睡了過去一樣，可是又十分舒服，身子像是變得極輕，在半空之中飄浮。

劉根生講他的奇遇，講到這裏的時候，我曾插口。

我尖聲道：「啊！你說碎屍萬段的時候她很驚……是因為你的身子，已化為億萬分子，比萬段嚴重得多了！」

劉根生側着頭：「不過我還是活的，並沒有死。」

我呆了好一會，單憑想像，還是是無法想像到真正身歷其境的情形是怎麼樣的。

當時劉根生有這種飄浮的感覺並不久，本來他和外國女人擠在一張椅子上，很擠，可是在那段時間中，他只覺得十分空蕩。

但一轉眼間擠的感覺又回來了，他睜開眼來，看到外國女人神情十分訝異，他也看到前面方格中，全是海水，像是身在海底一樣。

外國女人也用十分驚訝的聲音道：「奇怪，怎麼會沉在海底的？應該會浮起來的！」

劉根生乍一聽，不知道是什麼意思，所以也沒有法子答腔。外國女人忽然高興起來，抓住了劉根生的手，用力搖着，又連連問：「你覺得有什麼異樣？」

劉根生膽子大了起來，盯着外國女人：「異樣之極，全身給你搖得像火燒一樣！」

外國女人陡地吸了一口氣，呆了一會才道：「你一定想不到剛才我們已經換了一個地方，從一個容器之中，到了另一個容器內，真奇怪，那一個……我們現在所在的這一個，好像沉在海底？」

劉根生仍然不能完全明白她的話，可是他曾見過兩隻大箱子在洋船的甲板上，都被鐵鏈綁着，一隻被他射斷了鐵鏈浮了起來，另外一隻，自然也隨着洋船，沉到了海底。所以他道：「不錯，是還有一隻大箱子，沉在海底，和那洋船一直沉下去的。」

外國女人極感興趣：「怎麼一回事？把詳細情形告訴我，你是在航海時發現大箱子的？」

劉根生搖頭：「不是，兩隻大箱子，放在一艘洋船的甲板上……」

他詳詳細細把這場十分壯烈，可是結果兩敗俱傷的經過講給外國女人聽，也介紹自己的身分，在敘述的時候，自然是不免把他自己的英雄事蹟，渲染了幾分，聽得外國女人津津有味。

本來，兩個人擠在一張椅子中十分不舒服，可是劉根生這時，一點也不覺得擠，而且舒服之極。

他在講故事的時候，有時要作手勢來加強語氣，自然不能一直貼身放在身邊，於是不知在什麼時候開始，外國女人的頭，已枕在他的手臂之上，金閃閃的頭髮撩得劉根生的面孔很癢，外國女人的香味也不斷地衝進他的鼻端之中，令他想入非非。

等他講完，外國女人也吁了一口氣：「好極了，你和我並沒有什麼不同，可是分解轉移？」

劉根生的雙眼，盯在外國女人的胸脯上，有點心不在焉地問：「什麼叫分解轉移？」

外國女人笑：「我們已從原來的那隻箱子中，轉到了海底的箱子中！」

劉根生自然不信：「亂話三千！」

外國女人嬌聲笑着：「你慢慢會明白的，我再用分解轉移法，帶你到一處地方去！」

劉根生趁機摟了摟她：「到哪裏都去！」

外國女人很熟練地按着按鈕——後來，劉根生完全學會了使用這容器中的各種按鈕，也明白了這容器的許多功用，使用自如。

劉根生講到這裏，又停了一會，我十分心急：「那容器，那一對容器，是怎麼一回事，哪裏來的？那外國女人……實際上不是外國女人，是外星女人？請你別講細節，把大關節告訴我。」

劉根生嘆了一口氣：「你問倒我了，她也沒有告訴我，她在帶我到了一個地方之後，在我們……相好之前，她只問了我一句：你不會嫌我老吧！」

有很多別的事，慢慢可以補叙，叙述一件事，不一定要按照次序，劉根生和外國女人的這一番對話，十分重要，可以先叙。

外國女人問：「你不會嫌我老吧！」

劉根生呆了一呆，捧住了外國女人的臉，仔細看了一會，飽餐秀色之後，才道：「開什麼玩笑，你……外國女人的年紀不易猜，不過你不會超過二十五歲。」

外國女人笑了一笑，把頭埋向劉根生寬闊的胸部：「我不想騙你，我一百二十五歲了！」

劉根生聽了，自然不信，哈哈大笑，一個轉身，雙臂托住外國女人的身體，把外國女人整個托了起來，又突然一鬆手，嚇得外國女人尖叫着落下來，他又把她緊緊抱住。

這時，他們在什麼地方，劉根生並不知道。

在外國女人說了要帶他到另外一個地方去之後，在她又按下了許多掣鈕之後，他又像是一下子就進入了酣睡之中，十分舒適，只有十分朦朧的飄浮的感覺，等到他再醒過來時，暖風拂面，他看到自己是在一個小湖邊，綠草如茵，有幾株大柳樹在湖邊，天氣不冷不熱，微風吹上來，全身都酥軟。

劉根生吃了一驚，一下子坐了起來，看到外國女人還站在他的面前，手中執着一根柳枝，正在拂他的臉。劉根生抬頭看去，更感到外國女人雙腿修長，腰肢柔軟，十分撩人心弦。

劉根生陡然福至心靈，由於他的遭遇太奇了，所以他自然而然叫：「我知道了，你是仙女！」

外國女人笑了起來：「當然不是！」

劉根生四面看了一下，可以肯定四周圍都沒有人，他陡然欠了欠身子，拉住了外國女人的手，把她拉得跌倒，兩人一起在草地上打了幾個滾，在經過了擁抱之後，自然而然都產生了親切感。

那段對話，大約就是在這個時候發生的。

我耐着性子聽到這裏，嘆了一聲：「她後來成了你的妻子，我知道了，不想聽細節，她究竟是什麼樣人？」

劉根生用手着抹臉，喝了一口酒：「她是一個普通人，生活在紅海邊上的一個小村莊，一天，當她十二歲那一年，她在海邊玩的時候，漂來了一隻大箱子，擱淺在岸上，她走近去，箱子打開，從裏面走出一個中年婦女來——」

他說到這裏，我不禁大是憤怒：「這是你編出來的！」

劉根生道：「不，是事實，就像我找到容器，她從容器中走出來，哈山找到容器，我從容器走出來一樣——」

我想打斷他的話頭，可是他還是搶着說下去：「那中年婦人在若干年前發現容器的時候，從容器中走出來的是另一個中年人，那中年人——」

我大吼一聲：「夠了！開我的玩笑？」

劉根生搖着頭，我也知道他不是在開玩笑，可是無法接受他的說法。照他的說法，那兩個容器是如何來到地球上，最早由什麼人帶到地球上來的，就永遠無可查考了。

我當時的神情，一定十分憤怒，劉根生看了我一會，伸手在我肩頭上拍了拍：「你為什麼會以為我在編故事？在許多傳說中，都有相同的情形：不知何年何月，忽然有一件寶物，自天而降，落在荒山野嶺之中，後來被人發現，寶物也就一代一代傳了下來。」

我給他的話，弄得大有頭昏腦脹之感，只好嘆了一聲：「好，就算那樣——以你對那容器的了解程度，你當然知道那不是地球上的東西？」

劉根生現出十分自傲的神情：「當然，和才看到那東西時相比，我簡直脫胎換骨，成了另一個人，我在這東西上，學得了許多知識，當然，全是她教我的。」

我問了一句：「她總有個名字吧？」

劉根生揚了揚眉毛：「她告訴過我，可是我記不住，一直叫她『外國女人』。」

我又問：「她和你生了孩子，你們在一起的時間，應該很久了？」

劉根生在這時候，現出十分後悔和懊喪的神情來，唉聲嘆氣，大口喝酒，喝一口酒，就在自己的頭上，敲打一下，打得愈來愈重，我看情形不對，在他又要重重向自己的頭部敲打下去之際，伸指在他的肘部，彈了一下，彈中了他的「麻穴」，他的手沒有了力道，垂了下來。

劉根生自然知道是怎麼一回事，他苦笑了一下：「是我不好，是我不好。」

雖然只是簡簡單單的八個字，可是其間充滿了懊悔和痛惜，使人可以肯定，他當年曾做過一件大錯特錯的事！

第九部

轉移裝置出現毛病

我沒有催他，因為我聽出他的心情，沉痛之極。又過了一會，他才道：「我和她在一起，生活了一年，直到小把戲出世。這一年多來，逍遙快樂，不知是怎麼過去的，就是我們兩個人的世界！」

劉根生說到這裏的時候，痛悔的神情漸漸淡去，現出嚮往的神情來：「這一年多，真是神仙日腳！」

上海話把「過日子」叫「過日腳」，所以他感嘆的是，那一年多，過的是神仙日子。

神仙日子自然從劉根生和外國女人有了親密的關係之後開始。外國女人在一段日子中，真的被劉根生當作了仙女，因為她神通廣大之至，隨意可以到任何地方去，都是人迹不到的去處，每一處地方，風景美麗，氣候宜人，他們幕天席地，藍天白雲是他們的屋宇，明月清風是他們的伴侶，逍遙自在之至。

在那段日子中，外國女人曾把劉根生帶回那擱淺在礁石上的容器中去過好多次，詳細地告訴他每一個掣鈕的作用，每一個作用，都聽得劉根生目瞪口呆：「這簡直比……比太上老君的任何法寶都要厲害！」

外國女人回答得十分認真：「這是天上留在人間的一對法寶，有緣的人，就有機會得到法寶原來主人的指點，知道怎麼利用它，我是有緣人，你也是有緣人，我們的生命，可以一直延長。」

這時候，劉根生已經知道「容器」的作用之一，是可以使人生命變成「分段式」，他也真的知道外國女人已經一百二十歲了。

同時，他也知道，那容器之中，有着豐富之極的資料儲存，可以提供地球上的一切知識。外國女人可以通過翻譯裝置，說和聽流利的上海話，就是豐富的資料儲存所提供的功用——再後來，他自然知道那是類似電腦的一種資料儲存的方法。

他學到的東西愈多，就愈感到自己的奇遇，千載難逢，是罕有的仙遇，所以對外國女人，在恩愛之餘，也十分敬重。

這時，他只顧自己的神仙日子，小刀會造反的事，早已拋諸腦後。

不多久，外國女人就懷了孕，劉根生高興莫名，他一生浪蕩江湖，從來也沒有想過成家立室，但現在竟然有了這樣的結果。

可是，等到孩子一出世，劉根生卻起了異心。

孩子十分可愛，而且是男孩子，劉根生是中國人，對於傳宗接代，特別重視。外國女人也十分喜歡孩子，可是兩人之間，卻第一次發生了不同的意見。

劉根生的意見是：把孩子帶到上海去，自己和外國女人也一起到上海去，就在上海生活。外國女人卻不願意孩子在上海長大，她的意思是，盡量使孩子早一點進入「分段式」的生命，盡量把他的生命延長。

劉根生大是反對：「這像什麼話，養一個兒子，養來養去都是小毛頭，養不大的，有什麼好？」

外國女人堅持：「我們也該開始『休息』了，這樣，生命才能延長！」

劉根生十分惱怒：「什麼生命延長，那是自己騙自己；該活八十歲的，還不是只有八十歲！」

一開始爭吵，劉根生的大男人性格發作，他雖然沒有敢出手打外國女人，卻也下了決心。

當晚，他自己一個人，抱着孩子。這時，他早已學會了如何使自己身子分解轉移的方法——如果不坐在容器之中的話，就可以利用從容器頂部拆下來的一個裝置來進行，那裝置不是很重，外國女人一直帶在身邊，劉根生學會了使用之後，自然對劉根生來說，也不是什麼秘密。

（那裝置，就是劉根生一出現就十分迅速地將之拆下帶走的那個。我們曾以為那是動力裝置，它的確是，但也有其他的許多功用。）

（溫寶裕曾提出，說劉根生不會帶了那裝置坐飛機，那是對這裝置的功用，太沒有認識了！有了這裝置，他可以把自己分解轉移到任何地方！）

（劉根生後來告訴我，選定目的地的方法，是照地球的經緯度來計算的，一經校定了經緯度，分解之後，就轉移到選定的目的地。）

劉根生那時，起了異心，當晚，他抱着兒子，就利用了那裝置，把自己和兒子，轉移到了上海。

他離開上海久了，不知道在那一年多的時間中，上海的形勢，已大非昔比，小刀會風流雲散，而且還正是被緝捕得最嚴的時刻。

這時，他如果還肯和孩子一起回去的話，以後的事，自然也不大相同了。

可是他只想孩子留在上海，抱着孩子，東躲西藏了幾天，雖然他在秘密的地方，起出了很多錢，可是絕對不能公開活動，而且他也不善於照料孩子，那時，他住在來之里對面的一個客棧中，看到史皮匠早出晚歸，又勤力又老實，也打聽得他自己沒有孩子，心想給他一大筆錢，一定可以把孩子照顧得十分好的。

劉根生給史皮匠的錢，在當時來說，確然是一筆非同小可的大數目，至於史皮匠怕老婆，聽老婆的話辦事，這一點，劉根生怎麼也想不到。

劉根生想的是，外國女人在發現他帶着孩子離去之後，一定會極其惱怒，劉根生在這時，犯了一個錯誤，他認為女人不論如何生氣，只要勸勸就會好，再不然，男人一動了真氣，女人還不是貼貼服服。

劉根生這樣的想法，也不能算錯，那時的中國女人，確然是這樣的，可是，中國女人是這樣，外國女人卻大不相同，而且，又是掌握了那容器中那麼多功用的外國女人！

（女子無才便是德！）

當劉根生以為自己辦得十分妥當，安頓好了孩子，他又回去的時候，他以為至多只不過碰上一個盛怒的女人而已，誰知道等着他的，竟是一頭憤怒到了極點的狗。劉根生才一現身，外國女人一聲尖叫，撲將上來，饒是劉根生身手矯健，臉上也立時多了三道血痕。

劉根生連忙後退，外國女人再撲上來，劉根生便抓住了她的手腕，可是外國女人抬腳就踢，劉根生側轉了身子，隨便她踢，直到她踢得自己的腳都腫了，這才停止，劉根生鬆開了她的手腕，外國女人跌倒在地，由於腳腫了，站不起來，只好坐在地上，用劉根生聽不懂的話，破口大罵。

這時，他們所在之處，是一個山明水秀的小山谷（劉根生說那是在貴州省境內的一個世外桃源），風景十分美麗，可是在這種情形之下，再好的風景都沒有用了。外國女人直罵到了聲嘶力竭，才問：「孩子呢？」

劉根生倒實話實說：「留在上海了，我不想他在一個箱子中長大！」

外國女人又罵了幾句，多半是罵劉根生是蠢貨之流，劉根生也不在乎，嬉皮笑臉，又勸說了一番，外國女人也一直不說什麼。

劉根生又把從上海買來的一些凡是女人都喜歡的東西給外國女人，外國女人只是默然看着，也沒有什麼特別的表示，劉根生以為事情已經過去了，當晚睡得十分香甜。

（這種依靠一個特殊的裝置，把人和人身邊的東西，分解轉移的情形，可以一下子使人從一個地方，到達另一個地方。）

（這種情形，事後我們在再加以討論的時候，白老大的意見是：這和中國法術中的「遁法」十分相似，不論是金木水火土，五行遁法中的哪一種，都有這種本領。）

（白老大又說：在民國初年，頗有幾個異人，是有這種本領的。）

（至於那幾個異人，是不是也依靠了相似的裝置（法寶），才具有這種異能的，當然無可查考了！）

劉根生這一覺，直睡到了第二天，紅日照眼，才醒了過來，眼烏珠一挖開（眼睛一睜開），他就知道不對：外國女人不見了！

那可以進行分解轉移的裝置，也不見了！

劉根生大吃了一驚，剎那之間，驚恐莫名，他連自己身子在何處都不知道，看出去，竟是連綿的高山，來的時候容易，當真是倏忽即至，可是這時沒有了「法寶」，如何能走得出去？

而且，他也不能離開，因為他若是離開，外國女人要是回家來了找不到他，不是更糟糕？

所以，他只好等在原地，就在那山谷中，每過一日夜，就在一株樹上，用小刀刻上一道痕。

也在這時，他才知道，自己突然帶着孩子離開的那幾天中，外國女人是何等痛苦驚惶，那簡直比死還要可怕，這種打擊，不知道外國女人是如何承受過來的。劉根生一方面驚恐，一方面內疚之至，覺得自己應有此報，外國女人應該如此來懲罰自己，自己應該接受這樣的懲罰。

我聽到這裏，不禁愕然問：「你……在那樹上，刻了多少道痕？」

劉根生呆了片刻，才道：「一千零六十四道！」

我望着他，半晌說不出話來。劉根生的聲音低沉之極：「是的，兩年多！兩年多，我在那山谷裏當野人，每天晚上，我都對自己說：是我不好，外國女人走了，不會再回來了！可是每天早上，我又對自己說：再等一天，或許她今天就回來了！」

我不禁大口喝了一口酒，在這一千多天之中，劉根生的日子，可以說過得慘絕人寰！

我只好這樣說：「你總算等到了她！」

劉根生不由自主喘着氣：「是的，終於等到了她，她突然又出現時，我除了抱住她的腿，嗚嗚痛哭之外，什麼也不會做。她在我的面前坐了下來，她看來也十分憔悴，只說了一句話：我到上海找孩子去了，可是，找不到我們的孩子！孩子在哪裏？」

我一聽到這裏，不禁「啊」地一聲。原來哈山的母親，早就在上海找過他！那時，哈山自然在孤兒院之中，外國女人人地生疏，一個人在上海亂找，自然找不到的！

當時，劉根生一聽，就嚎咷痛哭：「我錯了！我知道孩子在哪裏，我和你一起去！」

劉根生這樣說了之後，又問了一句：「你怎麼去了那麼久？找幾天找不到，就該回來了！」

外國女人也嗚咽着：「怎算久？才三天！」

劉根生直跳了起來，叫：「三天？快三年了！」

外國女人神情茫然之極，劉根生又指着那株樹叫她看樹上的刻痕：「我一天刻一道，你數數有多少道？」

外國女人神情更惘然，口唇動了動，卻沒有說出話來，身子在不自由主發着抖。

這時，劉根生和外國女人心中，都十分明白，一定是那裝置，在進行「分解轉移」的過程之中，出了極嚴重的差錯。

那差錯，令得分解的過程，超越了時間，失去了時間的控制！

他們都知道毛病出在什麼地方，卻一點也無法防止，因為他們只是裝置的使用者，並不是這裝置製造者，外國女人從上一個擁有者手中得到的知識，畢竟十分有限。

他們商議了很久，覺得先回到一個容器之中，比較妥當一些，所以，他們先使自己再進入一個容器之中，再從那個容器之中，轉移到了上海。

可是即使是那樣，他們到上海時，已經是十多年以後了——他們也不知道毛病是出在哪一程，或是兩程都出了毛病。

劉根生在上海，發狂一樣地找尋當年託給史皮匠的孩子。他幾乎找到了，他見過史道福，史道福也準備把當年經過的情形告訴他，史道福寫了一封信，告訴他可以到孤兒院去找他的孩子。

世界上有很多事，都是在極微末的細節上，陰錯陽差，而誤了大事，也有的是由於全然不可估計的意外。像劉根生和他的妻子，若不是在「分解轉移」上，忽然出現了跨躍時間的意外，外國女人只是離開兩三天就回來，劉根生自然一樣知道自己不對，他們可以立刻再到上海去，也就很容易把孩子找回來——那是無法估計的意外。

而史道福沒有勇氣面對劉根生，而託了一個小癟三把信交給劉根生，誰知道小癟三只是順手把信扔掉了算數！這是微末的細節，卻影響了整件事——劉根生和他的妻子沒有找到孩子，兩個人都傷心欲絕，所以展開了劇烈的爭吵。

外國女人自然將一切過錯和責任，都放在劉根生身上，表示再也不要和劉根生在一起，她要回她的故鄉去——雖然在她的故鄉，再也沒有一個親人。

劉根生也犯了犟脾氣，對着外國女人咆哮：「走走走！去找你的外國男人去！」

結果是他重重地吃了兩記耳光，外國女人走了。他們吵架的地方，就在那個客棧的房間中。劉根生特意把那「分解轉移」的裝置，抓在自己的手中，心想外國女人沒有了這個裝置，走也走不遠。

外國女人可能真的傷心欲絕了，雖然由於意外，他們超越了時間十多年，但對他們自己來說，並無感覺，一切還像是幾天之前一樣，孩子一出世，高鼻頭大眼睛，酷肖母親，可愛之極。

那外國女人自十二歲有了奇遇之後，雖然說奇遇使她可以有分段式的生命，使她可以「分解轉移」，使她有許多特殊的能力，使她的知識幾乎超越了地球上的任何人，可是也無可否認，她是一個極其寂寞的人！

遇上了劉根生，是她的意外之喜，有了孩子，更是喜上加喜，她正處在她一生之中，最快樂的頂峰，所以當劉根生的愚蠢行為，造成那麼可怕的後果時，使她一下子自快樂的頂峰，跌進了痛苦的深淵。

這樣的打擊，實在太沉重了，所以她心灰意冷，根本不想再見到劉根生。她走的時候，只是略為向劉根生所持的那個裝置，略看了一眼，就推開門走了出去。

劉根生以為她氣過了就會回來，可是她一直沒有回來。到了第三天，劉根生才知道不妙，到處去打聽，才打聽到有一艘外國輪船，前天開走的，有這樣的一個外國女人，臨時來買票。

輪船的目的地是日本的神戶。

劉根生這次的決定是對的，他可以霎時之間就到神戶去，在碼頭等他的妻子，可是，「分解轉移」裝置第三次出了意外，他到達神戶時，已經是一年以後了，他又超越了一年的時間！

造化弄人之至！

劉根生只知道他妻子是紅海邊上的人，不知道詳細的地名，上哪兒找人去？於是，接下來的日子中，劉根生一直在尋找，尋找他的妻子，尋找他的兒子，到了實在心灰意冷的時候，他就回到容器中去休息，他訂下的休息時間不一定，有時是三年，有時是五年。

那擱在淺灘上的容器，也早因為風雨潮汐，而換了位置，在大海之中，隨着海流飄浮，反正不管在什麼地方，對劉根生來說，都是一樣。

當那容器飄浮到百慕達附近的大西洋海域，被哈山發現，撈了起來時，劉根生自然是在容器之中，他正在「休息」狀態之中，一無所覺。

等到他又「醒」來的時候，他打開容器出來，就見到了哈山。

這時候，隨便劉根生怎麼想，也想不到眼前的老頭子，會是自己找了那麼多年的兒子。哈山是他有了奇遇之後、第一次自容器出來之後遇上的人，根據容器一個接一個傳下去的原則，哈山就是另一個有奇遇的人，所以劉根生在離去的時候，並沒有把那個裝置帶走，而且，還把容器的簡單使用方法——其中一個十分簡單的功能，告訴了哈山，並且嚴重警告，絕不能碰別的按鈕。

他那次離開容器，確然又到了上海。可是事隔那麼多年，還會有什麼希望？無非是憑弔一番而已。

他不在的時候，哈山進了那容器多次，知道那容器奇妙之極，也知道事情非同小可，所以並沒有對自己的好朋友提起。

可是，忽然之間，又有了那場打賭——那也是全然不相干的一件事。

如果不是有這場打賭，劉根生一回來，自然會把哈山當作是容器的傳人，教他容器的種種功能，就像外國女人教他，一個不明來歷的中年婦人教外國人女人一樣。哈山也不會對人提起，他們就算相處十年八載，也沒有可能知道兩人是父子關係。

一切都偶然之極！

哈山利用那容器來藏身，卻又錯手按錯了不知道什麼掣鈕，這才有他到時不出現的情形，導致了容器被運到那工廠去打開來的事件。

哈山幸而沒有事，容器又給我們輪流去試過，劉根生回來，遇到了我，他也不知道如何使被激光割裂、破壞了的容器的門復原，他自然十分震怒，所以一到，就取走了那個裝置。

當時，別說我們都未曾注意，沒去追他，就算追，又怎麼可以追得上？他早已「分解轉移」到了那個沉在海底的容器之中了。

兩個容器一模一樣，劉根生熟知它的性能，這時，劉根生十分心灰意懶，他甚至想令自己「永遠休息」下去，因為這樣活着，實在沒有意思。

但是他畢竟有一股狠勁，還是不肯干休，所以這次定下的休息日子也不是太多——在那段時間中，沉在海底的容器，卻又被「兄弟姊妹號」打撈了起來，恰好今夜，他又從容器中出來，意外之極地又見到了我！

我見到了他驚詫莫名，他見到了我，更是覺得奇怪！

隨便他怎麼設想，只怕都無法想到，會那麼巧，我恰好會在這艘船上！當他離開那容器之際，他只知道那容器在海底沉了若干年之後，終於被人撈了起來而已。

當然他更想不到會在我們口中，聽到史皮匠的名字和他當年在上海不見了孩子的事！

等到一切都講明白時，我和他兩人不知已喝了多少酒進肚，可是一點酒意也沒有，兩人都為一切事情這樣陰錯陽差而感嘆。

這時，天際已現出了魚肚白，天快亮了！

劉根生忽然長嘆一聲，端着一杯酒，慢慢向外走去，我跟在他的身後，一起到了甲板上，來到那容器之旁，劉根生伸手拍打着那容器，苦笑：「有了這樣的奇遇，不知是好事還是壞事！」

他的這個問題，真是難以回答。若說是好事，這些年來，他所受到的痛苦折磨，不是普通人所能承受的。若說不是好事，他早已死了，也不會有他和外國女人那一年多逍遙的神仙生活。

只好說，是好事，也不是好事——聽起來像是十分矛盾，可是世上的事，大多數都有又好又不好的兩面。

他望着漸漸發白的天際，又大大喝了一口酒。這時我忽然想起了一件事，用十分古怪的眼光望向他，他像是看穿了我的心意一樣，裝着輕描淡寫地道：「和你講了半夜的話，心裏舒服多了！」

我笑着：「只怕你不是喜歡和我說話吧——你根本不必要隨船到上海去，你在一秒鐘之內，就可以置身上海，為什麼你不去？」

劉根生低下頭，轉動着手中的酒杯，聲音十分苦澀：「有一句話，叫『近鄉情更怯』，我和……孩子分開了那麼久，真有點怕見面！」

他這種心情，十分容易理解，我拍了拍他的肩頭：「可是你們父子總要見面的！哈山在上海十分出名，你一到上海，通過任何一個官方機構，都立刻可以見到他，不如你先去！」

劉根生遲疑了一會，才深深地吸了一口氣，點了點頭。

第十部

父子喜相逢

當我們來到甲板上的時候，李平和陳落都自船艙中走了出來，看着劉根生，雖然沒有說什麼，可是神態怪異莫名，我向他們道：「請叫醒毛斯和他的伙伴，我要讓他們知道，這東西是有主人的！」

李平應聲走了開去，陳落來到了我的身邊，我立刻道：「發生在劉先生身上的事，怪到了極點，曲折離奇，我講也講不明白，不過我一定會盡快把他的經歷整理出來，詳細敘述的！」

陳落深深地吸了一口氣，我把話說在前面，他自然不好意思再問我什麼了。事實上，我也怕他問我，因為事情那麼複雜，不知從何說起，簡單地說上一遍，也得大費唇舌，只好請他忍耐些時日了。

不一會，毛斯和大半小半都來到了甲板上，毛斯看到了劉根生，訝異莫名——船正航行在茫茫大海之上，怎麼會忽然多了一個人？

我冷冷地向他道：「你的發財夢只怕要成空了，這容器是有主人的，主人就是這位——其中的情節太曲折，講了你也不明白！」

毛斯又驚又怒：「明明是沉在海底的，是我發現的！」

他一面說，一面奔到了那容器的前面，背靠着容器，雙手伸向後，要保護那容器。

劉根生笑了一下：「是你的，你打得開它？」

毛斯喘着氣：「我才到手，慢慢研究了，自然會打得開它。」

劉根生緩緩搖了搖頭，嘆了一聲，走向容器去，伸手握住了門柄，輕鬆一拉，就把門打了開來。

毛斯瞪大了眼看着，看到劉根生又打開了第二道門，看到了那容器裏面的情形。

這時候，毛斯的神情，複雜之極，他把人類能表現在臉上的情緒，表現無遺。他幾乎要突出來的雙眼，表示了他內心深處的貪婪，而他抽搐着的肌肉，表示了他心中的焦切，他急促的呼吸，令得他的鼻子忽大忽小，那顯示他為了保護他自己的利益，可以不擇手段。甚至他的一頭紅髮，也有根根倒豎之勢！

劉根生在這時，回頭看了一眼，看到了毛斯的這種神情，他也不禁呆了一呆，用上海話問我：「該檔碼子作啥？」（這傢伙怎麼哩？）

我自然知道毛斯是在幹什麼，他看到了那容器中的情形，又約略知道一些有關那容器的用處，這時，只怕一千萬英鎊已絕不能滿足他了，在他心中升起的貪念，不知膨脹到了什麼程度。

我嘆了一聲：「他發現了沉船，認為這容器應該屬於他，我曾代哈山答應給他一千萬英鎊，可是看來他胃口大，不夠！」

劉根生「哈」地一笑：「怎麼？想敲我兒子的竹槓？」

我聽得到劉根生這樣說，不禁駭然，他和哈山根本還沒有見過面，就已經完全站在哈山的這一邊了，親情的作用，竟然如此巨大！

就在這時，我看到毛斯雙手，握緊了拳。他是一個體格十分健碩的人，身形也高大，看起來，他像是準備要動武了！

那時，劉根生打開了容器的第二道門，就在門邊，只要一側身，就可以坐進那張椅子去。毛斯在這時候，突然揎拳捋袖踏前了兩步。

我忙喝：「毛斯，別胡來！」

不知道是我的警告太遲了，還是毛斯根本不聽我的警告，他還是出了手，一下子，紅毛密佈的一隻大手，已經抓住了劉根生的手腕。

我一看到劉根生不躲不避，就被他抓住了手腕，先是一呆，隨即大吃一驚，再叫：「毛斯，別胡來！」

可是這時，毛斯紅了眼，什麼警告都不會有用的了，他厲聲喝：「這東西是我的！」

他一面喝着，一面手臂用力向外一摔，想把劉根生摔開去，可是劉根生手腕略翻，便已把他的力道，全都卸去，反倒借力把他的身子帶得向那容器跌去，一下子就坐到了那張椅子上。

這一下變化，是怎麼發生的，只怕毛斯怎麼也無法明白，不過對毛斯來說，他坐進了那座位，就像是他已成為了那容器的主人一樣，所以他反而有十分心滿意足的感覺，向劉根生狠狠地瞪了一眼，劉根生卻向他揮了揮手，作了一個「再見」的手勢。

我一看到劉根生向他作了這樣的手勢，就知道事情要變糟，這個小刀會的頭目，行為標準，和現代人大不相同，什麼事做不出來？

可是，當時我也無法知道劉根生想做什麼，也不知道如何制止他才好，事情發生得實在太快——劉根生在向毛斯揮手之際，他另一隻手，已在座椅扶手的許多按鈕上，按動了幾下，接着，就一下子關上了那道橢圓形的門。而他的身子也轉了一轉，背靠着門，用似笑非笑的神情，望向我們。

這時候，船上所有的人都在那容器之前，當劉根生打開容器門的時候，陳落、李平也訝異不已，大半小半更是驚呆得像傻瓜一樣。

而一切發生得那麼快，他們自然不知道發生了什麼事，只是看着魔術師一樣地注視着劉根生。

而劉根生也確然像是一個魔術師，張開了雙臂，大笑了三聲，隨即又把那橢圓形的門，打了開來。

剛才，大家都看到毛斯是坐在那座椅之上的，可是這時，門再一打開，空空如也，座椅上哪裏還有人？

除了我之外，所有人都發出了一下驚怖的呼叫聲，只有我，大約明白發生了什麼事，多半是劉根生利用了容器的能力，把毛斯分解成為億萬分子，不知弄到什麼地方去了，毛斯可能從此永遠消失，再也不會回來——別忘記，劉根生的行為標準，甚至不是現代人的！

我還未曾來得及向劉根生喝問毛斯怎麼樣了，劉根生便向我作了一個手勢，表示一切妥當，他身子一側，也已坐進了那張座椅，他一坐上去，先是那道橢圓形的門，再是外面那道門，一起自動關上。

李平和陳落兩人反應較快，連忙跳上去，抓住門把，想將門拉開，可是拉不動。

他們還在用力，我嘆了一聲：「別出力了，拉不開的！」他們向我望來，一臉的疑惑神色，大半和小半，這時也驚惶莫名地叫了起來：「怎麼一回事？毛斯怎麼不見了？毛斯到哪裏去了？」

我苦笑了一下：「不知道，你們都看到的，我兩次警告他別胡來，他都不肯聽！」

大半小半神情更駭然，望着我，雙手揮動着，卻說不出話，我只好道：「他或許是到什麼地方旅行去了！」

兩人當然不信，可是也說不出什麼來。我不再理會他們，站在那容器之前片刻，才道：「我提議把這大箱子拋下海去！」

李平和陳落大是訝異，一時之間，看來有點手足無措。我伸手指了指那容器：「你們都看到了，那根本不是人間的東西。」

對這個說法，他們都同意地點頭。

我又道：「我相信這東西，多少年來，一直在海上飄浮，有人偶然發現它，就成為有緣人，在有緣人的身上，就會發生很多事，那些事，是禍是福，難以界定，我們別破壞這種循環，讓它繼續在海中飄浮，繼續遇到有緣人！」

李平和陳落互望了一眼，陳落道：「衛先生，你的話，我們不是很明白，不過既然你的意思是這樣，我們一定照吩咐做！」

我作了一個手勢：「請！」

同時，我轉過身，對大半小半道：「你們會得到可觀的酬勞，別像毛斯那樣貪心，小學一年級的課本上，就曾教我們做人不能貪心！」

大半和小半哭喪着臉，毛斯就在他們的注視之下消失，事情詭異神秘之至，令得他們不知說什麼才好，過了一會，兩人才問道：「要是別人問起我們，毛斯哪裏去了，我們怎麼回答？」

我怔了一怔，毛斯一直和他們在一起，這兩兄弟自己沒有主意，一直聽毛斯的指導，毛斯忽然不見了，人家問起來，他們真不好回答。

我正在考慮，是不是叫他們照實說，陳落已笑着向他們走了過去：「衛先生保證你們會有很多錢，你們何不找一個沒有人會問起你們的地方長住？」

大半小半一聽之下，互望了一眼，現出十分高興的神情來，大半道：「對，住到巴黎去！」小半卻道：「不，住到大溪地去！」

兩人竟然就這個問題，爭了起來，李平打趣他們：「都一樣，這兩個地方，反正都是講法語的！」

大半小半看來真的十分單純，他們還在為到什麼地方去長住而爭論。而陳落已經走進了駕駛艙，不一會，一雙機械臂，已將那容器高高舉了起來，然後，突然鬆脫，那容器跌進了海水之中，濺起來的水柱，足有三十公尺高，十分壯觀。

等到容器濺起的海水全落下來之後，由於「兄弟姐妹號」一直在前進，所以浮在海面上的容器，看來已經和一隻普通的冰箱差不多大小。

這樣的一隻箱子，在佔地球面積百分之七十的汪洋大海上飄浮，被人發現的機會，不是太多。就算有過往船隻發現了，能把它打撈起來的機會也極少，所以，這一百多年來，它只有過三次出現的記錄，和它有緣的人，也就是外國女人、劉根生和哈山三個人。

我也到了駕駛艙，陳落望向我，向我作了一個飛行的手勢。我想了片刻，心想這上下，劉根生只怕早已通過「分解轉移」，到了上海，我估計他一到上海之後，只要哈山還在，兩小時之內，父子就可以相會。

「兄弟姐妹號」既然已沒有了沉重的負擔，何必再在海上維持沉悶的航行？所以，我點了點頭，表示同意改由飛行回去。陳落大有失望之色：「衛先生，我寧願你繼續航行！」

我相當奇怪：「為什麼？」

陳落的回答很有趣：「航行時間長，又十分悶，你一定會把種種怪事的經過說出來！」

我不禁笑了起來：「好，我讓你第一時間知道——當然不是現在說，船靠岸之後，你到我家裏來，有一些小朋友急於想知道種種怪事的真相，你可以和他們一起聽我講述。」

陳落神情大喜，他還沒有出聲，就看到李平探頭進來，指着自己鼻尖，大聲問：「我呢？」

我笑了起來，這兩個小伙子，我對他們所知雖然不深，可是十分喜歡他們，所以半秒鐘也沒有考慮，就點了頭。

「兄弟姐妹號」自水上起飛，不多久就結束了飛行——為了避免太驚世駭俗，它每次飛行總在離目的地有相當距離時停下來，然後靠岸。

等到安撫好了大半小半，保證三天之內，就送大量酬金給他們，再和李平、陳落回到住所，由於早已聯絡好了的緣故，胡說和溫寶裕早就在了，白素自然也在。

溫寶裕出的主意，他安排了一個「電話會議」，通過國際通訊網來進行。

參加這個「電話會議」的人，相當鼎盛，有遠在法國的戈壁沙漠，和那個工廠中的各色人等。有在瑞士的良辰美景（其實一點也不關她們的事，只是湊熱鬧），有在法國的白老大（白老大的農莊沒有電話，白素通知了附近的一個朋友，把他老人家接了去）。

這許多參加者，都不意外，最意外的是，溫寶裕還聯絡到了劉根生和哈山！

我一聽得劉根生和哈山也參加電話會議，不禁大是佩服，忍不住稱讚溫寶裕：「你這小鬼頭，神通倒是愈來愈廣大了！」

溫寶裕面有洋洋自得之色，卻被白素冷冷地叫了他一聲：「小寶。」

溫寶裕立時收起得色，連聲道：「不算什麼，哈山恰好打電話來，我就請通訊公司多加一條線路……這誰都做得到。」

原來是哈山先打電話來的。

這樣的一個「電話會議」，每一個人不論在何處講的話，所有有關的人都可以聽得到，也都可以隨時發言，就和這許多人濟濟一堂一樣，自然不免有點混亂，我記述的情形，當然也經過整理。

最重要的，自然是劉根生、哈山父子相會之後的情形，可是一開始，戈壁就搶着說：「各位，雲四風先生恰好在，他也參加我們的談話。」

我和白素互望了一眼，立時道：「歡迎之至！」

和雲四風這個傳奇人物無緣見面，先通過通訊裝備談談話也好。我便立刻就聽到了一個十分清朗的聲音道：「我是雲四風，很高興能和各位一起講話，都是久仰大名的了。」

溫寶裕咕嚕了一句：「我是什麼人，你就不知道！」

雲四風陡然哈哈一笑：「大名鼎鼎的溫先生，連苗疆都有人知道，我怎麼會不知？」

一句話把溫寶裕說得俊臉通紅，不敢言語。白老大也在這時叫了起來：「哈山，你們父子相逢，情形如何？」

哈山的聲音聽來十分激動：「好極了，好極了，真多虧各位相助！」

我提醒他：「先別多謝，立刻撥一千萬英鎊過來，我答應了人家的！」

哈山道：「小事一樁，嗯，還有，我的財產，要找一個人託管，衛斯理你——」

我忙道：「我不行，你把財產交給我，不出三年，就會給我花個清光！」

哈山呵呵大笑：「花光就花光，誰還在乎？」

好幾個人齊聲問：「什麼意思？」

哈山道：「我們父子兩人，可以有與眾不同的生命形式，我們決定追求這種形式，一等到我們的談話結束，就立刻進行『休息』，到再醒來時，只怕已是五十年之後的事情了。」

一番話惹來驚訝的呼叫聲，自世界各地傳了來。白老大悶哼了一聲：「這樣的日腳，我看無趣得很。」

劉根生應聲道：「人各有志，而且，我已經騎虎難下了！」

白老大不客氣地道：「你騎虎難下，哈山可還沒有騎上虎背去！」

哈山忙道：「我們兩父子再也不分開了！」

八十多年前的一次分離，造成了這樣的悲劇，他們自然不肯再分開了。

良辰美景在這時叫了起來：「亂七八糟地說些什麼，我們一點也聽不懂！」

她們對事情的經過，知道得最少，自然聽不懂。而對事情的來龍去脈，知道得最多的是我，所以就由我把整件錯綜複雜無比、曲折離奇之至的經過，向所有人說了一遍，其間，白老大、哈山、劉根生等人，又各有補充。

要把事情扼要地說上一遍，也要兩個多小時，何況不單是事情的經過，還有我們的種種意見和假設。所以在將近四小時的交談中，絕無冷場。

最後，我們的結論一致，溫寶裕作總結：「這兩個容器，一定是不知哪年哪月，由不知道什麼外星的高級生物留在地球上的——它們本身不會移動，又十分笨重，一直在海上飄浮，我相信一定是外星人再起飛時，嫌它太沉重，不要了拋棄掉的！」

白素問：「那麼第一個發現它，發覺它們有功用的，是什麼人呢？」

溫寶裕大聲答：「無可查考了。」他望向我，又補充了一句：「許多事，是永遠無可查考的，這件事，能有這樣的結果，已是十分不錯了。」

大家都表示同意，雲四風提出了要求：「兩位劉先生，那容器，你們有一個就夠了？」

劉根生道：「是，那一個，你可以留着，慢慢研究。」

雲四風道：「謝謝你，五十年，或三十年後，我們若是有點結果，請你來指教！」

劉根生哈哈大笑，大叫一聲：「告辭了！」

我陡地想起，忘了問他把毛斯弄到哪裏去，可是已經遲了。

誰要是記得，可以在三十年或是五十年後見到他時問他！

（全文完）

衛斯理小說典藏版　80

真相

作　　者：　衛斯理（倪匡）
責任編輯：　黎倩雲　　常嘉寧
封面設計：　李錦興
出　　版：　明窗出版社
發　　行：　明報出版社有限公司
香港柴灣嘉業街18號
明報工業中心A座15樓
電　　話：　2595 3215
傳　　真：　2898 2646
網　　址：　https://books.mingpao.com/
電子郵箱：　mpp@mingpao.com
版　　次：　二〇二二年八月初版
I S B N：　978-988-8828-25-8
承　　印：　美雅印刷製本有限公司